Uleris, Willibald

Heer- und Querstrassen oder Erzaehlungen

gesammelt auf einer Wanderung durch Frankreich

Uleris, Willibald

Heer- und Querstrassen oder Erzaehlungen

gesammelt auf einer Wanderung durch Frankreich

Inktank publishing, 2018

www.inktank-publishing.com

ISBN/EAN: 9783747796207

Heer- und Querstraßen

oder

Erzählungen,

gesammelt

auf einer Wanderung durch Frankreich,

von

einem fußreisenden Gentleman.

Aus dem Englischen übersetzt

von

Willibald Alexis.

Fünfter Theil.

Berlin,

verlegt bei Duncker und Humblot.

1828.

Leonie,

das weiße Mädchen.

Vom Verfasser

der „Heer= und Querstraßen."

Aus dem Englischen übersetzt

von

Willibald Alexis.

Berlin,

verlegt bei Duncker und Humblot.

1828.

Vorwort des Ueberſetzers.

Der Verfaſſer dieſer Novelle hat ſich, wie er berichtet, nach langem Hin- und Her- ſinnen entſchloſſen, ihr, ſtatt eines Engliſchen, einen Franzöſiſchen Titel beizulegen. Er nennt ſie „The Vouée au Blanc," und hofft, ſeine Landsleute werden ihn wegen der her- ausgenommenen Freiheit entſchuldigen, und ſich ſo lange mit einem unverſtändlichen Ti- tel begnügen, bis ſie ihn im Buche ſelbſt er- klärt finden. Deutſche Ueberſetzer wagen es nicht, ſich mit ihren Leſern ſo leicht abzufin- den, und ſie, des Titels wegen, auf das Werk ſelbſt zu verweiſen. Hier ſey Folgen-

des darüber vorangeschickt. Es ist in katholi=
schen Ländern, besonders in Frankreich, der
Gebrauch, daß Eltern zuweilen bei der Ge=
burt einer Tochter dieselbe der Jungfrau wei=
hen, und dieses äußerlich zu erkennen geben,
indem sie das Mädchen bis zum funfzehnten
Jahre ganz in Weiß kleiden, in reichen
Familien auch wol für die Livree der Diener=
schaft, die Equipage derselben u.s.w. die weiße
Farbe wählen. Mütter, welche mehrere Kinder
verloren haben oder eine schwere Niederkunft
fürchten, suchen auf diese Weise besondern
Schutz für ihre Leibesfrucht. Dieser fromme
Gebrauch, dieses Gelübde ließ sich in dem Titel
nicht mit Einem Worte ausdrücken. Das hier
Mitgetheilte mag für Diejenigen, denen diese
Sitte nicht bekannt ist, vorläufig als Andeu=
tung dienen.

Erstes Kapitel.

„Du verzweifelst zu leicht, Julius."

Nein Du, liebe Margarethe, nährst zu kühne Hoffnungen.

„Zu kühne! Ich kann und mag nun einmal nicht alle Hoffnung aufgeben."

Ich weiß wol, daß Du das nicht kannst, meine Gute, und wenn es Dich tröstet, so hoffe nur immer in Gottes Namen.

„Und warum denn nicht? Haben wir nicht Madame St. Paul nach funfzehn Jahren? von vier anderen Beispielen zu schweigen, nach acht, zehn und zwölf. Von Anna von Oesterreich, Ludwigs XV. Mutter — nach drei

1

und zwanzig Jahren! — will ich gar nicht einmal reden."

Wie alt war Madame St. Paul, liebe Margarethe?

„Wie alt!"

Nun oder wie jung, wenn Dir das besser gefällt?

„Sie räumte fünf und dreißig ein, aber ich bin überzeugt, sie war vierzig und drüber."

Und von wann lautet dein Taufschein, liebe Margarethe?

„Von der Seite, Julius, greifst Du mich immerwährend an; aber das kümmert mich nicht, auch wenn ich vor einem halben Jahrhundert getauft wäre."

Viel kürzer ist es auch nicht her.

„Und wenn auch, die heil. Ursula ist gut, und kann ein Wunder thun sobald es ihr gefällt. Aber wahrhaftig, Julius, dein unseliger Unglaube verdirbt alle Wirkung meines Gebetes und die Vermittelung der Heiligen."

Ein Kopfschütteln und ein tiefer Seufzer waren die einzige Antwort; und die Unter-

haltung stockte hier für eine Weile. Die sie
führten, waren Herr Suberville, ein reicher
Manufacturherr aus der Normandie, und seine
Frau. Das kurze Gespräch wird meinen Leser hoffentlich vom Inhalt ihrer Wünsche und
ihrem beiderseitigen Charakter in Kenntniß gesetzt haben. Zwei oder drei Worte über letztern
Punct möchten indessen doch noch am besten über
erstern Auskunft geben. Herr Suberville war
ein Mann von sehr milden Sitten und liebens-
würdiger Gemüthsart, dessen größte Fähigkeit
im richtigen Tacte bestand, womit er allen Dingen auf den Grund sah. Er hatte ein besonders scharfes Auge, körperlich und geistig, und
ebenso begegneten sich seine Fortschritte in der
Erkenntniß und im Leben. Er war ein großer
Jäger und fehlte selten, aber er zielte auch nie
auf einen Vogel außer Schußweite. Eben so
unermüdlich war er in seinen kaufmännischen
Geschäften, aber fast nie unternahm er eine gefährliche Speculation. Seine Jagdtasche und
sein Geldbeutel waren daher fast immer an-
sehnlich gefüllt. Mit der Zeit war er sicher

1 *

mehr zu gewinnen als manche seiner Nachbaren, die vielleicht an Einem glücklichen Tage und durch Ein glückliches Unternehmen, ihm unter Gefahr Alles zu verlieren, weit vorausgekommen waren.

Seine Frau war von ganz verschiedenem Temperamente. Ihre Hoffnungen überschritten zuweilen das Maaß, und sie hielt sich immer daran mit unerbittlicher Hartnäckigkeit. Selten hatte sie von irgend etwas eine klare Ansicht, sondern ging durch dick und dünn jedem von ihr selbst erzeugten Phantome nach. Ein ernstliches Verlangen theilte sie mit ihrem Manne — nach Kindern, oder wenigstens nach einem Kinde. Bei ihrer Heirath war sie ganz sicher, Mutter einer zahlreichen Nachkommenschaft zu werden, und kaum daß sie ihr Jawort gegeben, als sie sich schon auf Familienzuwachs einrichtete; ihre Hochzeitskleider betrachtete sie nur deshalb mit großer Freude, um sie einst zu Kinderhabitchen umzuschneiden.

Herr Suberville hielt dies Alles für zu vorschnell, da aber nichts von Aberglauben in seinem Charakter wurzelte, so sah er auch darin

kein böses Omen, und seine Zärtlichkeit ver=
mehrte sich um das Zehnfache. Er fühlte und
träumte den glücklichen Freudentaumel der Män=
ner von fünf und zwanzigjähriger Erfahrung
mit, wenn sie zuerst hoffen den ehrwürdigsten
aller Titel zu erlangen. Sein·alter Schul=
kamerad Doctor Glautte, der Dorfarzt, be=
stärkte ihn in diesen Hoffnungen, und da er eben·
nicht tiefer als junge Ehemänner überhaupt in
solchen Geheimnissen bewandert war, glaubte er
der Frau und dem Arzte aufs Wort.

Seine scharfe Auffassungsgabe ließ ihn aber·
nicht lange bei diesem Glauben; er konnte sich nicht
helfen, er theilte auch der Frau seine Zweifel
mit, und sein Unglaube wuchs von Tage zu
Tage, von Monath zu Monath, bis nach Ver=
lauf eines Jahres seine unglückliche Ehehälfte
selbst ihren Irrthum mit Thränen eingestehen
mußte. Herr Suberville hielt dies für eine
schlechte Art das Uebel gut zu machen, aber
nachdem ihre Ehe fünf Jahr gedauert, kam
der unglückliche, nun dreißigjährige Ehemann
zu der philosophischen Ueberzeugung, daß er

nicht der Gründer eines neuen Geschlechtes werden solle.

Nicht so die Frau. — Noch lange, lange nährte sie die unglückliche Erwartung, und als alle, von ärztlichem Rath anempfohlene Hülfe fruchtlos blieb, griff sie nach einem Beistande, der damals nicht sehr in der Mode war. Als Kind hatte sie, nach Römisch-Katholischer Sitte, die heilige Ursula zu ihrer Schutzpatronin und ihrem Vorbild im Leben angerufen, und in frommer Hoffnung auf deren Beistand fuhr sie fort zu beten und ihre gewisse Erhörung zu behaupten. Funfzehn Jahr nach dem Zeitpunct, wo der Ehemann seine weltliche aufgegeben, dauerte ihre religiöse Hoffnung fort, und noch jetzt, nachdem Madame Suberville ihren zwanzigsten Hochzeittag gefeiert, war sie fest von St. Ursula's Beistand überzeugt, dem nur der hartnäckige Skepticismus ihres Ehegatten einen Riegel vorschiebe.

Der Abend, an welchem diese Geschichte beginnt, fiel in den letzten Theil des Jahres 1798, und Herr und Madame Suberville

waren gerade auf ihrem gewöhnlichen Nach=
mittagsspazirgang Begriffe, in dem Thale, wo
ihre Manufactur und ihr Wohngebäude stand.
Selten aber gingen sie über die Grenze ihres Ei=
genthums hinaus, eine Genügsamkeit, die leicht
erklärlich war, denn in der ganzen Provinz gab
es keinen schönern und heimlichern Ort. Das Thal
lag wenige Meilen von Rouen, links, weit ab
von dem nach Dieppe führenden Wege. In mei=
nem Reisejournal, wo ich mich eines etwas ro=
mantischen und wenig orthodoxen Stils bediene,
wenn ich Oerter an Nebenwegen liegend, notire,
steht als Name: „La Vallée des trois Vil-
lages", das Thal der drei Dörfer. So nann=
ten mir es wenigstens die Bauern, als ich vom
waldigen Hügel im Westen herab, es zuerst vor
mir ausgebreitet erblickte und die große Anmuth
der Scenerie betrachtete. Den eigentlichen Na=
men, den ich nachher hörte, habe ich ganz ver=
gessen, und, wie ich schon sonst wo sagte, ich mache
keine Ansprüche auf geographische Genauigkeit.

Als ich dies Thal zum erstenmal erblickte,
waren fast zwanzig Jahr seit jenem Spazir=

gang der Subervilleschen Ehegatten verstrichen, aber ich habe Grund zu vermuthen, daß sich seit damals nichts wesentlich geändert hat. Die drei netten Dörfer, oder Dörfchen, nahmen noch denselben Raum ein. Das halbe Dutzend große Kattunfabriken zeigte, sorgfältig reparirt und abgeputzt, nichts von Verfall. Die Häuser, von Stein gebaut, und zu bestimmten Zeiten regelmäßig roth angestrichen (gleich gemahlten Damen über ihre Blüthenzeit hinaus) waren durch Wind und Regen nicht schlechter geworden. Was kümmerten sich die dichtbelaubten Bäume, daß ein Vierteljahrhundert beinahe verstrichen war? Die Grashalme strotzten in der zwanzigsten Generation, so grün wie ihre Vorfahren, und so unverändert, als gelte es, über die Veränderlichkeit der Menschen eine Strafpredigt zu halten. Die Stücke Kattun auf der Wiese lagen eben so, wie sie seit der benannten Zeit bleichend gelegen haben mochten, und der muntere Bach hüpfte noch immer so lustig als es seiner immerwährenden Jugend ziemte. Es war dasselbe Bild einer geschäftigen Volksmenge, Behaglichkeit und

Reinlichkeit, wie seit der ersten Zeit, wo hier die
Manufacturisten sich niedergelassen, allerdings
Denen ergetzlich, welche diese Vorzüge mit dem
Verluste ländlicher Einfachheit nicht zu theuer er=
kauft wähnen. Was mich betrifft, erfreut mich
ein solcher Anblick nur bis zu bestimmten Gren=
zen. Bald finde ich zu viel, bald zu wenig in
solchen Scenen; und ich ziehe den Anblick der
zerrissensten Gebirgszüge, mit den daran kleben=
den dürftigen Hütten und rohen Bewohnern,
den festesten Bauten, den niedlichsten Land=
häuschen und dem schönsten Teint um Glasgow
und Manchester vor.

Der Hügel über dem Thale gewährte eine
weite und reizende Aussicht. Rouen erblickte
man dicht zur Rechten, in seiner reichsstädti=
schen Mischung des Knickerigen mit dem Mah=
lerischen. Seine Häuser drängten sich in Strá=
ßen zusammen, welche es den Sonnenstrahlen
fast unmöglich machten frei durchzudringen,
während aus dem Meer von Dächern die hohen
Kirchthürme, zugleich anmuthig und großartig,
in die Höhe schossen. Daneben rollte die breite

Seine, grüne Inseln und buntwechselnde Gestade
bespühlend. Dann kamen beträchtliche, waldbe=
deckte Hügel, längs deren Fuß der Strom sich
nach dem Oceane durcharbeitete, und, wie eine
ungeheure Schlange, sich um die sichtbare Erde
zu winden schien. Als ich die Seine von hier
aus zum erstenmal sah, senkte sich die Herbst=
sonne auf ihren dunklern Spiegel; denn ihr
Glanz war durch den Einfluß mehrerer kleine=
ren Ströme damals getrübt. Hätte ich zwanzig
Jahr früher auf dem Flecke gestanden, würde
ohne Zweifel die Landschaft eben so ausgesehn
haben, außer daß die Gestalten der Eheleute
Suberville gewiß etwas rüstiger und etwas
weniger hinfällig geschienen hätten als zu mei=
ner Zeit. — Doch jetzt, geneigter Leser, wieder
zwanzig Jahr mit mir zurück, wo wir Herrn
und Madame bei ihrem Nachmittagsspazirgange
verließen!

Herr Suberville blieb oft Viertelstundenlang
stumm, Madame nur sehr selten. Mit dem
Kopfschütteln und dem tiefen Seufzer, deren
sich meine Leser erinnern werden, war ungefähr

jener Zeitraum verstrichen, als sie ihre rechte
Hand auf seinen rechten Arm, welcher ihren linken im Gehen trug, legte und fragte: „Woran
denkst Du so ernstlich, mein Lieber?"

An das alte Thema, meine Liebe.

„Was! Einen von den ungezogenen, ekeligen
Bengeln von Neffen zu adoptiren?"

Und warum nicht! Du weißt, Margarethe,
ich habe es Dir nicht eher vorgeschlagen, als
nachdem ich schon Jahre lang gänzlich verzweifelte, daß Du Mutter würdest.

„Gut, mein Lieber, aber Ich will nur dann
drein willigen, wenn auch ich gänzlich verzweifle."

Herr Suberville zuckte mit den Achseln, und
die Pause, welche daraus entsteht, will ich
schnell benutzen, etwas von seinen Familien-Ange-
legenheiten zu erzählen. Sein einziger Bruder,
nur zwei Jahr jünger als er, war Capitän
eines Handelsschiffes, welches nach America und
Westindien verkehrte, und hatte sich nach einem
Leben voller Abenteuer in seiner Vaterstadt
Rouen niedergelassen. Dort heirathete er eine
Person von niederm Stande, von außerordentlich

gemeinen Sitten und ohne Schönheit, indem er, wie es bei Seeleuten wol geht, von den ersten schönen Worten gefangen wurde. Die Frau des Capitäns bekam Kinder, so schnell sich dies irgend thun ließ, und brachte sogar einmal Zwillinge. Jede neue Niederkunft (besonders aber solche letzterwähnter Art) vermehrte das Mißvergnügen und, ich möchte sagen, den Neid unserer Madame Suberville, die in Knaben und Mädchen nichts anders sehen konnte, als das häßliche Gesicht ihrer Mutter und die gemeinen Sitten ihres Vaters. Herr Suberville, der ältere, konnte sein Auge zwar auch nicht verschließen vor den Eigenheiten, welche seiner Frau vermittelst ihres Vorurtheils so zuwider waren; aber er meinte, daß der Nebel, durch welchen sie sah, die davon eingeschlossenen Gegenstände vergrößere; er hielt deshalb ihre und seine eigenen Einwendungen für übertrieben, und erklärte daher wiederholentlich, eines von seines Bruders Kindern würde er doch einmal allen anderen Kindern beim Adoptiren vorziehen.

Dies Argument war schon ein Tausendmal

nach der erwähnten Pause vorgebracht worden, und Madame Suberville hatte auf ihre beste Weise alle alte Einwendungen vorgebracht, als sie, mehr als gewöhnlich von ihrer Beredsamkeit erhitzt, ihre Rede folgendermaßen schloß:

„Gut, Julius, es verlohnt sich nicht der Rede. Lieber aber möchte ich darein willigen, daß eines Bauern Kind aus jener Hütte adoptirt würde, als eines deiner häßlichen Verwandten."

Margarethe! sagte Herr Suberville, halb ernst, halb scherzend, indem seine Augen fest auf ihr hafteten: Ich glaube wahrhaftig, St. Ursula hat ein Wunder bewirkt.

„Wie so? Was meinst Du, Julius? fragte sie hastig. Hat sich irgend etwas verwandelt."

Nein, nein, meine Gute, erschrick nicht. Ich meine nicht gerade was Du meinst — sondern nur, daß dies das erste Wort auf deinen Lippen seit unserer Heirath ist, was überhaupt von deiner Einwilligung spricht, irgend ein Kind zu adoptiren.

„Und ist das Alles, Herr Suberville? Treibt

man so Scherz mit einer Frau in meiner —
in meiner möglichen Lage?"

Ich habe ja nichts böse gemeint, liebe Margarethe, denn ich bin volle funfzehn Jahr lang
niemals zufriedener gewesen. Gib mir den
Arm, Liebe, und laß uns weiter gehen.

Madame Suberville nahm den ihr darge-
botenen Arm sehr mürrisch an, und ihr Mann
ging rüstigen Schrittes weiter. Da der Abend
so schön war, schlug er vor, den Spazirgang
bis zum Gipfel des Berges auszudehnen, und
sie willigte ein, da seine sichtbare Freude jedes
Ueberbleibsel ihrer üblen Laune verdrängte.

Sie waren in einen der schmalen, vom Bache
aufwärtsführenden Wege eingelenkt und näherten sich einem Dorfe, welches in seinem Versteck nur durch die aus den Baumkronen vor-
dringenden Rauchsäulen verrathen wurde, als
das Schwatzen einer Gruppe Kinder ihre Blicke
plötzlich auf eine Seitenöffnung der Hecke wandte.
Madame Suberville, die zunächst stand, hatte
kaum den Kopf umgedreht, als sie plötzlich zurückfuhr und ausrief: „Himmel welch ein Che-

rub!" In demselben Augenblicke rief ihr
Mann: "Guter Gott, wie schön!" und das
würdige Ehepaar blieb mehrere Minuten ste=
hen, auf den Gegenstand ihrer Verwunderung
hinblickend, ohne einen Laut zu äußern.

Brauche ich erst zu sagen, daß es ein
Kind war, welches sie so in Erstaunen setzte?
Auch ist es klar, daß, da ihnen Eines aus der
Gruppe so besonders auffiel, die übrigen einen
Contrast dagegen bilden mußten. Der Wahr=
heit nach war Madame Suberville's "Cherub"
ein kleines Mädchen von ungefähr zwei Jah=
ren von ungewöhnlicher Schönheit, feinem
Teint, goldenem Haar, blauen Augen und lieb=
lichem Wesen, und unterschied sich von den
anderen auch durch einen besonderen Anzug.
Diese, ein Knabe und zwei Mädchen, wa=
ren alle in dem gewöhnlichen groben, blau=
grauen Parchent gekleidet und trugen, wie alle
Bauernkinder, Holzschuhe; aber dieses jüngste
Kind war weiß von Kopf zu Fuß, was,
wie befleckt es auch seyn mochte, seiner Erschei=
nung einen ganz besonderen Glanz und seiner

kleinen Person ein vornehmeres Wesen verlieh.
Freilich war der Stoff seines Polröckchens
ebenfalls nur vom grobesten Kattun, seine
Schuhe aus weißem Fries und die ganze Figur war so mit Erde und Schmuz, in welchem sich die kleine Gesellschaft herum getum-
melt hatte, bedeckt, daß es den Gegensaß der
noch brauneren und schwärzeren Spielkammera-
den bedurfte, um das kleine weiße Ding besonders nett zu finden. Madame Suberville's
ganze Aufmerksamkeit war auf das schöne Gesicht des Kindes gerichtet und das Auge ihres
Ehemanns entdeckte auf den ersten Blick, daß
es ein Kind sey, welches nach einem religiösen
Herkommen Voué au blanc, das heißt — der
Jungfrau gewidmet war.

Während sie noch dastanden, hielten die
Kinder im Spiel inne, und die Mutter der
Familie zeigte sich in der Thür; sie war offen-
bar aus der Bretagne, nach ihren violetfarbi-
gen Schleifen an dem Oberrock mit weißem
Leibchen, der langen Flügelhaube, der schwarzen
Schürze und den rothen Strümpfen zu schließen.

Es lag etwas Wohlwollendes in ihrem We=
sen, welches, unbeschadet der ehrenwerthen Aus=
nahmen, nicht der allgemeine Ausdruck der Phy=
siognomien in der streitsüchtigen Normandie ist.

Nach einigen allgemeinen Bemerkungen aus
Madame Suberville's Munde über die Schön=
heit ihrer Kinder, besonders des jüngsten, zog
Herr Suberville die Nachricht von der Bäue=
rin ein, daß sie erst seit einer Woche hier wohne,
indem sie und ihr Mann vor ihren bösen Nach=
barn die Bretagne hätten verlassen müssen, weil
sie ihr Mitleid gegen die unglücklichen Reste der
Vendee=Royalisten nicht hatte verbergen können.

Auf die Frage, weshalb die eine Kleine der
Jungfrau gewidmet worden, erzählte sie ihnen
etwas, das zugleich romanhaft und wie ein
Gemeinplatz klang, doch aber sich ganz nach der
Wahrheit verhielt und zu jener Zeit in Frank=
reich nicht selten zutrug. Die kleine Leonie war
nicht die Tochter der ehrlichen Bäuerin, sondern
gehörte einer Mutter, welche, als die Royali=
stischen Armeen zerstreut wurden, in Frau
Bignons Hütte eine Zuflucht gefunden hatte.

v.   2

Diese unglückliche Mutter war gänzlich unbekannt, aber gewiß eine Person von Rang und
Bildung, wie aus vielen Umständen in Madame Bignons Erzählung hervorging. Lange
Leiden, Erschöpfung und geistige Aufregung
führten sie ins Grab, wenige Tage nachdem
sie in der traurigsten Verborgenheit und der noch
traurigern Hülfleistung der Bauern das Kind zur
Welt gebracht; aber noch mit dem letzten Athem-
zuge bat sie sich zweierlei von der gutmüthigen Frau,
die sie beherbergt, aus. Erstens, daß sie ihr Kind
als ihr eigenes einschreiben lasse, denn Frau
Bignon war auf dem Punct niederzukommen, —
weshalb auch diese unglückliche Frau gerade bei
ihr, vor allen Anderen im Districte, die ihr Anerbietungen gemacht, ihre Zuflucht gesucht habe. Zweitens, daß das Kind funfzehn Jahre lang der Jungfrau solle gewidmet bleiben. Die würdige Frau
versprach beides zu erfüllen, und die arme Mutter
starb, mit ihren sterbenden Lippen dem Himmel dan-
kend, daß sie einen Schutz für ihr Kind gefunden
und die Welt mit dem unentdeckten Geheimniß
ihres wahren Namens und Standes verlasse.

Hier muß ich meine Leser in voraus warnen, daß sie nicht auf mysteriösen Zusammenhang und dergleichen Enträthselung hoffen, denn bis auf diesen Augenblick habe ich nichts in Erfahrung gebracht, was dieses Geheimniß enthüllen könnte, auch ist gar keine Aussicht vorhanden, daß es je an's Tageslicht kommen werde. Das Mädchen ward, als Kind der Frau Bignon, in die Register eingetragen, zugleich mit einem, welches sie wenige Tage nach dem Tode der Fremden selbst gebar. Getreu dem Versprechen, kleidete sie bis zu dem Tage, wo die Subervilleschen Eheleute ihr begegneten, die kleine Leonie in weiß, was sie selbst, als temporär aller religiöser Cultus in Frankreich aufhörte, ohne besondere Aufmerksamkeit zu erregen, durchsetzte.

Herr Suberville bemerkte mit großem Vergnügen nicht allein die ungewöhnliche Güte in dem Benehmen seiner Frau, sondern auch die lächelnde Gelehrigkeit, mit welcher das Kind die Beweise ihrer Zuneigung aufnahm. Er äußerte indessen dieses Vergnügen nicht, entschlossen, den Dingen ihren eigenen Lauf zu lassen. Madame

2 *

that viele Fragen an die Frau über das Alter des Kindes und seine Neigungen. Das arme Weib weinte, als sie des Todes der wahren Mutter erwähnte, und Herr und Madame Suberville fühlten auch ihre Augen voll Thränen, als Leonie, sich aus den Armen der Letztern losreissend, fortlief und ihr Gesichtchen voll Unschuld emporhielt, um Mama's Thränen abzuküssen. Ein halb dutzend Mal nannte sie diesen sanften und theuren Namen, und als sie das Gesicht der guten Frau bei den Küssen wieder erhellt sah, so versteckte sie ihr Köpfchen an dem Busen, den sie umschloß, halb voll kindlicher Freude und Verschämtheit über die Bewegung und die Aufmerksamkeit, welche ihre kleine Person erregt hatte.

„O Julius, Julius!" rief Madame Suberville, ihre Augen trocknend und mit einer ihrem sonstigen Tone ungewöhnlichen Stimme. „Wenn wir ein solches Kind hätten!"

Oder dieses! sagte der Ehemann.

In dem Augenblicke wandte sich das kleine Mädchen, sich von ihrer Verschämtheit erholend, um, und lächelte ihnen ins Gesicht, als Madame

Suberville plötzlich auffchrak und ausrief: „Komm
fort, komm fort Julius! Ich kann es hier nicht
länger aushalten."

Einen ganzen Monat lang nach diesem ersten Besuche, dauerte ein neuer Verkehr mit
dem Dorfe und ein pantomimisches Gedanken-
spiel zwischen Madame Suberville's Wünschen
und Hoffnungen auf der einen, und der Besorg-
niß und Vorsicht ihres Mannes auf der andern
Seite. Ihre Gefühle in Betreff der Kinder
schienen eine völlige Veränderung erlitten zu haben, denn ihr herbes Wesen, welches ihrer natürlichen Gutmüthigkeit so oft Eintrag that,
wenn sie die gegenseitige Glückseligkeit zwischen
Eltern und Kindern beobachtete, war gänzlich verschwunden. Die Ahnung eines übernatürlichen
Einflusses überkam sie ohne Unterlaß, und sie
fing an zu denken, daß ein besonders propheti-
scher Ton in dem Munde ihres Mannes gelegen, als er ausrief: „Sanct Ursula hat ein
Wunder bewirkt!" Ihr ganzer Sinn war mit
dem Bilde der kleinen Leonie erfüllt, und sie war
nur zufrieden, wenn diese bei ihr war. Sie

mochte sich selbst nicht gern den Wunsch: das
Kind zu adoptiren, gestehen, und bekämpfte den
Gedanken mit allen Gründen der Möglichkeit,
noch einmal Mutter zu werden. Dennoch hatte
diese Vorstellung einen tödtlichen Schlag durch
ihre neu erzeugte Liebe erhalten. Noch existirte
sie zwar in ihrem Gehirn, wurde aber täglich
schwächer, und das einzige Mittel, sie vor dem
gänzlichen Sterben zu bewahren, würde eine Art
Opposition von Seiten ihres Mannes gewesen
seyn, — aber dieser konnte sie nicht begegnen.

Sehr weislich hatte derselbe beschlossen, die
Sache gehn zu lassen wie sie ginge, und mehr
den Anschein zu gewinnen, als willige er ein,
als ob er selbst antriebe; und er hatte bei sich
gelobt: würde die Adoption auch noch so sehr
verzögert, der Vorschlag solle von Madame
ausgehn.

Er zeigte sich männlich fest gegen die tausend Versuche seiner Frau, ihm das erste Geständniß des Wunsches zu entlocken, der ihr auf
der Zungenspitze zu schweben schien und jeden
Augenblick verlangte ausgesprochen zu werden.

Sie machte unzählige Versuche ihn in die Schlinge
zu locken, indem sie einen regelmäßigen Hinterhalt legte, in Unterhaltung ihn dahin führen
wollte, dann durch plötzliches Ueberspringen von
anderen Gegenständen, um ihn sich verschnappen
zu lassen, — aber alles umsonst. So ging es
drei bis vier Wochen, bis endlich Madame Suberville, überzeugt, daß sie zu keiner fingir-
ten Zustimmung in den Wunsch ihres Herrn und
Meisters je gelangen werde, sich entschloß, die
Sache selbst so vorzuschlagen, als sey es gegen
ihre Neigung und nur aus großmüthigem Verlangen, ihm zu gefallen. Herr Suberville wußte
Alles, was in ihrem Gemüthe vorging, und auch
sie mußte seine gezwungene Zurückhaltung entdecken; Beide aber spielten ihre einmal angefan-
gene Rolle fort, getreu jener lächerlichen, aber
nur zu häufig vorkommenden Gewohnheit, daß
Jeder den Anschein behalten will, als täusche er
den Andern, obgleich Jeder weiß, daß der Andere
ihm in die Karten sieht.

Um mit kurzen Worten zum Ende zu kommen: Madame Suberville schlug ihrem Ehe-

mann vor, Leonie zu adoptiren, und Herr Suberville schloß als Antwort sie in seine Arme,
so herzlich wie sie sich dessen lange nicht erin-
nerte. Frau Bignon, die Bäuerin, und ihr
Mann willigten nach einigem Widerstreben ein,
ihnen das Kind zu überlassen; das Kind ver-
tauschte Wohnung und Eltern mit unbewußtem
Lächeln; ihr Taufschein wurde beschafft, ihre
Adoption gesetzmäßig einregistrirt, und schließlich
ward sie in ein niedliches Kabinet, dicht am
Schlafzimmer des guten Ehepaars, einquartirt
und der besondern Sorgfalt der Aimée Lestocq
anvertraut, eines treuen Dienstmädchens, welche
Madame Suberville's Vertraute gewesen, seit
ihrem Hochzeitstage bis zu dem Morgen, wo sie
sich gedrungen sah ein fremdes Kind anzunehmen.

Wie alle Veränderungen in Familienangele-
genheiten, verursachte auch diese merkwürdige
Angelegenheit den Einen ebensoviel Verdruß
und getäuschte Erwartung, als sie den Anderen
Freude machte. Daß der Capitain Flüche
und Verwünschungen ausstieß, daß seine Frau
vom Schwindel übernommen wurde, stand zu

erwarten; aber dies war nichts gegen die ner=
vöse Aufregung des Doctor Glautte, der ganz
als zu Herrn Suberville's Familie gehörig be=
trachtet werden konnte, und so gut wie die na=
hen Verwandten seine begründeten Sorgen hatte.
Dieser gelehrte Arzt war zwanzig Jahre lang
der beständige Gefährte seines alten Schulkame=
raden gewesen; er war Beichtvater und Haus=
rath, Gesellschafter beim Mittagstisch und gab
und nahm alle Pillen ein. Wenn ich Gesell=
schafter sage, so verstehe ich darunter, daß er
täglich seinen Stuhl, Messer und Gabel am
Tische fand, und nenne ich ihn Hausrath und
Beichtvater, so will ich darunter verstanden wis=
sen, daß er alle Einbildungen der schwachen krän=
kelnden Frau anhörte und ihr Recepte verschrieb.
In der That war Doctor Glautte weder der
Gesellschaft des Herrn, noch des Vertrauens sei=
ner Frau würdig. Er war gewiß der bornir=
teste Kopf, auf dem je ein Doctorhut gesessen.
Ebenso ungeschickt von Person als von Geist,
hätte er am besten mit einem angeschwollenen
Blutigel verglichen werden können, der noch am

Wohlstande seines magern und kleinen Freundes
— denn das war Herr Suberville — saugte.
Das einzige, wodurch er sich einem denkenden
Wesen verwandt zeigte, war, daß er die damals
gäng' und gebe Lehre vom Materialismus auf
den deutlich erklärten Grund annahm, daß seine
Ueberzeugung aus dem Studium seiner eigenen
Person entstehe. Demungeachtet hatte er einen
großen Einfluß auf Herrn und Madame Suberville erworben, was auffallend erschiene, müßten wir nicht leider die traurige Wahrheit ein-
räumen, daß die Menschen mehr die Sklaven
der Gewohnheit als die Herren eines richtigen
Gefühls sind. So war Doctor Glautte Herrn
Suberville eben so nöthig geworden als stummer
Zuhörer, wenn sie bei Tische saßen, als seine
Ehegattin sein Pulsfühlen, Aderlassen und seine
gehorsame Aufmerksamkeit beim Vortrage ihrer
eingebildeten Leiden nicht entbehren konnte.

Als er durch Aimée von der Adoption erfuhr,
fühlte er sich wie vom Blitz getroffen. Er hatte
eine innere Ahnung von seiner Beschränktheit,
und als er die Munterkeit und das Leben seiner

kindlichen Nebenbuhlerin gewahr ward, fühlte
er, wie Othello, daß es „mit seinem Geschäft
aus sey", und er war, um mit ihm selbst zu
reden, „joliment flambé!" Weiter that die ganze
Fleischmasse nichts, als daß sie die Augenlieder
weit aufsperrte, und die Augen furchtsam her-
ausblicken ließ. Aimée, die das nie an ihm bemerkt, war ordentlich erschrocken, als er auf sie
hinblickte, und ohne eigentlich zu wissen was sie
that, hielt sie die eben neu angekleidete Leonie
ihm dicht vor's Gesicht, ihn aus seiner Starr-
sucht zu erwecken. Beim Anblick des kleinen
lächelnden Wesens rollten seine Augen in ihren
Höhlen zurück, und er schauderte noch einmal
vor Schreck über seine Lage. Denn plötzlich
überkam ihn die Gewißheit, daß er mit einem-
male zu einer leeren Zahl geworden in der Rech-
nung, die seine quondam Patientin und Gön-
nerin mit ihm führte. Er machte gute Miene
zu bösem Spiele, und entschloß sich, dem Ehemann jetzt die bisher seiner Frau so reichlich bewiesene Aufmerksamkeit noch zu verdoppeln. So
setzte er sich dann zu Tische, dumm und verdros-

sen wie immer, aber mit dem schnell gefaßten
Entschluß, der ganz wider seine Trägheit im
Allgemeinen stritt, ein beständiger Dorn in dem
Rosenbette zu werden, welches für das kleine
Wesen bestimmt war, das so unschuldig und
unbewußt ihn verdrängt hatte.

Zweites Kapitel.

Es bedarf keiner besondern Einbildungskraft
von Seiten meiner Leser, um sich alle die Fort=
schritte auszumahlen, welche unsere kleine Hel=
din in zwölf Monaten gemacht hatte. Große
Sorgfalt ihrer neuen Eltern, unermüdliche von
Seiten Aimée Lestocq's mit aller Ordnung und
Reinlichkeit, gaben ihr ein bezauberndes Aeußere,
während sie allmählig jede Spur von Gemein=
heit verlor und, in Vergleich zu ihren früheren
Schwestern, die indessen immer noch ihre Spiel=
genossen und Freundinnen blieben, zu einem echten
Fräulein sich herausbildete. Herrn und Madame
Suberville hatte sie indessen schon Papa und

Mama nennen gelernt, und die jungen Bignons
redeten, indem sie die Sache, wie man sie ihnen
vorgestellt, hinnahmen, von ihr nicht anders als
von Leonie Suberville. Selbst beim Capitän
und seiner Frau gewann endlich die Klugheit
über ihren ersten Ingrimm die Oberhand, und
sie befahlen, in den förmlichen und seltenen Besuchen bei ihren Verwandten, ihren eigenen Kindern, den kleinen Schützling mit dem zarten Namen einer Cousine zu benennen. So ging Alles
sachte seinen Weg, nur nicht im Umgange mit
Doctor Glautte. Dieser war natürlich sehr eng,
denn Madame Suberville's alte Neigung, sich
und ihre Familie immer in den Händen des
Arztes zu wissen, war jetzt auch auf ihr Kind
ausgedehnt.

Manche Ausbrüche seines Zornes, wenn Leonie in der geringsten Vertraulichkeit sich ihm näherte, z. B. wenn sie seinen Bambusstock mit
goldenem Knopfe zu ihrem Pferde machte, oder
mit seinem einen langen Ohrringe, der Haupt-
zierde seiner Person, spielte, machten den Doctor
zu einem Gegenstande des beständigen Schrek-

kens für das Kind, und nährten zugleich Verdacht und unbeschreibliche Abneigung gegen ihn
bei ihrer treuen Wärterin. So wurde es bei
Dieser zur Regel, Alles, was der Doctor der kleinen Leonie verschrieb, zum Fenster hinauszu-
gießen, und da ihre Herrin ihr jedesmal die Zu-
bereitung der Getränke überließ, konnte sie immer etwas Unschuldiges an die Stelle des gelehrten Mischmasch setzen, indem sie auf diese
Weise das Kind vor allem Schaden bewahrte,
den der Genuß der Medicamente (auch wenn
der Doctor es ehrlich gemeint) in zu früher Jugend dem Körper bereitet. Dem Arzte dagegen wurde die Ehre zugeschrieben, daß Leonie am
ersten Dienstag vor Aschermittwoch, nach ihrem
dritten Geburtstage, eines der gesundesten und
lieblichsten Kinder war, die man je gesehen.

Jedermann weiß, welche wichtige Epoche der
Mardi-gras unter den jährlichen Vergnügungen
in Frankreich bildet. Es ist der letzte Tag der
Carnevalsfeierlichkeiten, und mit dem nächsten
beginnen die traurigen bis Ostern dauernden Fasten. Die Leute glauben, dies sey das Fest, wo

sie vor allem fröhlich sein müßten, da es der
letzte streitige Boden ist zwischen dem Lande der
Lust und der Buße. Das Hauptvergnügen dieses Festtages bestehet in der Procession des
Boeuf gras. Die Beschreibung eines so all-
bekannten Gegenstandes würde hier unnütz seyn,
wenn ich nur für die Mehrheit der Reisenden
schriebe, die ihm in Paris oder anderen großen
Städten beigewohnt haben. Aber selbst diese
ahnen nicht, wie viel größer das Vergnügen bei
diesem Fest in kleineren abgeschlossenen Cirkeln,
wie dem der Commune der Drei=Dörfer ist,
und außerdem mögen manche meiner Englischen
Landsleute, welche nicht auf Reisen gehen, in
ihrem Leben nichts von der genannten Festlich-
keit vernommen haben, so daß ein zu ihnen ver-
schlagenes Exemplar meines Buches ihnen zuerst davon Nachricht gibt.

Der Boeuf gras ist im buchstäblichen Sinne
der fetteste Ochs in der Stadt. Die Ehre, den
dicksten aufweisen zu können, verleitet die Schläch-
terambition zu lächerlichen Anstrengungen, und
ich sah Ochsen, welche auf diese Art zu unförm-

licher Stärke im Stalle aufgefüttert waren. Am
Morgen des Festtages wird das gewichtige Thier
mit einem Pomp, der sich nach dem Reichthum
des Kirchspiels richtet, ausgeschmückt. Es ist
nicht wahrscheinlich, daß die Scharlachdecken und
Drapperien des Thieres in der Gemeine zu den
Drei-Dörfern so reich gewesen sind als die in
größeren Städten des Landes, aber ganz gewiß
dufteten die Blumenkränze eben so gut als irgend welche in ganz Frankreich gepflückt und gewunden worden, um zuerst die Hörner des Opfer-
thieres zu schmücken und dann von seinem Blute
benetzt zu werden. Was aber das Ganze krönt,
da möchte man vergeblich nach einem ähnlichen
Schmuck in der Welt suchen. Dies ist seit un-
denklichen Zeiten das hübscheste Kind aus dem
Kirchsprengel. Sitzend auf einer Tragbahre und
unter einem freien Dach von Blumen und Bän-
dern, paradirt es auf dem Rücken des Boeuf
gras, als Symbol der unschuldigen Schönheit,
die triumphirend reitet auf den groben und thie-
rischen Vergnügungen der Menge. Ein Chor
Musikanten zieht dieser kleinen Gottheit des Fe-

ftes vorauf, die auf allen Seiten das Geleit von
den Gesellen und Burschen der Schlächter er-
hält, welche sämmtlich zu Pferde in dem phan-
tastischsten Costüme mit Federmützen, besetzten
Jacken und silbernen Schärpen erscheinen. Einige mit wehenden Fähnlein von verschiedenen
Farben, die Anderen mit Schwertern, Lanzen,
Streitärten, die sich zwar für alle Glieder eines
blutigen Handwerks eignen, aber, von ihnen
geführt, dem brutalsten von allen Gewerken
einen verfeinerten Anstrich leihen. Haufen Volkes in ihren Staatskleidern und Sonntagsmi-
nen folgen hinterher. Sie wehen mit den Tü-
chern, tanzen und singen, und Ausrufungen der
Verwunderung über den ungeheuren Ochsen und
die Reize seiner kleinen Bürde erfüllen die Luft.
Bei dem Feste, von welchem ich erzähle, bin ich
sicher, daß die Schönheit über den Schmerbauch
die Palme davon trug, und daß das unglückliche
Thier, in seiner gesetzlichen Halbpart der Bewunderung, durch das englische Wesen auf seinen Schultern verkürzt wurde. Ich hoffe von
Herzen, daß keiner meiner Leser zweifeln wird,

v.   3

wer dies war; doch um allem möglichen Zweifel,
der den Faden dieser Erzählung unterbrechen
könnte, vorzubeugen, nenne ich den Namen Leonie Suberville, welche, durch eine große Herab-
lassung ihres Vaters, heute zur Rolle des Cu-
pido hergegeben war.

Herr Suberville hatte gerade zu der Zeit
das Amt eines Maire in dieser Gemeine. Ich
habe bisher vermieden, seine politische Meinun-
gen zu erwähnen, aus dem einfachen Grunde,
weil sie gar nichts mit unserer Geschichte zu
thun haben. Aus dem Posten, den er einnahm,
mag man aber leicht schließen, daß er kein Feind
der republikanischen Regierungsform war, welche
zu jener Zeit seinem Vaterlande einen so bedeu-
tenden Rang in Europa verschafft hatte. Eben
so wenig habe ich mich dabei aufgehalten, von
seinen Erfolgen im Geschäftsverkehr zu erzählen. Er war ein wohlhabender Manufacturherr, und darauf deutete auch ein unerwarteter
Besuch, den er am heutigen Tage aus einer für
gewöhnliche Besuche etwas entlegenen Gegend
erhielt. Es war dies Master Joseph Mow-

bray, ein Kaufmann aus Philadelphia in Amerika, der seit mehreren Jahren reiche Schiffsla-
dungen mit Baumwolle an seinen Correfponden-
ten und Kunden, Monfieur Jules Suberville,
gefandt. Er hatte mit feinem Bruder, dem Capitän, der oft Ueberbringer jener Schiffsladun-
gen gewefen, einigen Verkehr gehabt, und da
ihn andere Handelsgefchäfte nach Frankreich geführt, hatte er fich entfchloffen, Herrn Suberville's perfönliche Bekanntfchaft zu machen. Begleitet vom Capitän, den er aus Rouen abge-
holt, kam er gerade zu diefer feftlichen Gelegenheit, und konnte nun feinen Bekannten in feiner ganzen Wohlhabenheit, feinem Anfehn und
Glück, das er Alles fo ganz zu verdienen fchien,
erblicken. Als Herr Mowbray mit feinem Ge-
fellfchafter das erfte der Drei-Dörfer erreichte,
bewegte fich die Proceffion langfam gegen das
Wohnhaus des Maire. Sie folgten ihr, und
der Capitän zeigte dem Handelsmann feinen
Bruder, wie er in aller obrigkeitlichen Gravität
vor der Thüre ftand, und doch, troß der Gravität, das Gefühl herzlicher Luft nicht verleug-

3 *

nen konnte. Amtswürde und väterlicher Stolz
standen ihm zusammen so gut, als die kleine Leonie
von ihrem Throne herab „Papa! Papa!" ausrief, und Herr Suberville die Arme öffnete und
sie ans Herz drückte, wo sie ganz unumschränkt
zu herrschen schien. Der Capitän stellte mit
wenigen Worten dem Maire den Fremden vor.
Der Letztere sprach das Französische ziemlich ge-
läufig und nahm gern die Einladung zu dem
frühen Mittagsmahl an, welches eben servirt
werden sollte; da er aber denselben Abend noch
nach Dieppe mußte, sah er sich genöthigt, auch
die dringendsten Einladungen, seinen Besuch zu
verlängern, abzulehnen.

Als der Boeuf gras abgeführt worden und
die Procession ihr Ende erreicht hatte, richtete
Herr Mowbray einen Augenblick seine ganze
Aufmerksamkeit auf Leonie, und äußerte zu seinem Wirthe, er hielte sie für das lieblichste Wesen, das er je gesehen.

Dank sey es ihrer guten Constitution, sie ist
blühend und gesund, erwiederte der Maire.

„Ei, und noch viel größeren Dank der Geschicklichkeit und Aufmerksamkeit ihres Doctors hier," sprach Madame Suberville, auf Glautte zeigend, der dicht neben ihr stand.

Master Mowbray verbeugte sich leicht gegen den Doctor, der den Gruß auf seine gewöhnliche Weise erwiederte, indem er den Hut abnahm, und den Kopf eine Weile auf der linken Schulter ruhen ließ, um so den gewichtigen Ohrring zu zeigen, der auf der andern Seite hing.

„Sie haben Grund stolz zu seyn auf Ihr gutes Werk, Sir," sagte Master Mowbray, „wenn Sie die schöne Blüthe auf diesen köstlichen kleinen Wangen von Wachs hervorgebracht haben."

Sie schmeicheln, mein Herr, sagte Glautte grinsend: das Kind ist gerade erhitzt, vielleicht ein Anflug von Fieber.

„Nichts davon!" rief Aimée Lestocq mit Heftigkeit aus, „das Kind hat keine Spur von Fieber in seinem reinen Blute; das ist aber immer die Lust des Herrn Doctor, sie krank zu machen."

Eine Purpurröthe goß sich über die Wan-

gen des Doctors aus, was oft vorfiel, wenn
ihn Aimée auf diese Weise mit Vorwürfen über=
schüttete. Master Mowbray merkte nicht dar=
auf, sondern äußerte, zu Herrn Suberville ge=
wandt: „Sie haben wahrhaftig eine schöne
Tochter. Könnte man Philadelphia nach Rouen
bringen, oder Leonie nach Philadelphia mitneh=
men, möchte ich fast den Wunsch aussprechen,
daß sie einstmals die Frau meines einzigen Soh=
nes Eduard werde."

Das ist ein fern aussehender Wunsch, — sagte
Herr Suberville lächelnd. — Wie alt ist ihr Sohn?

„Gerade fünf Jahr."

Stimmte Alles so gut wie ihr Alter, wäre
das Ding nicht unmöglich, — erwiederte Herr Su=
berville, und die Unterhaltung hatte hier ein Ende.

Der Tag verstrich schnell. Master Mow=
bray nahm, nachdem er einige Geschäfte mit
seinem Wirthe abgemacht, Abschied, und ritt aus
dem Dorfe, entzückt über dessen freundlich wohl=
habendes Ansehen, und mit hohen Vorstellungen
von Herrn Suberville's Rechtlichkeit, Verstand
und Glücksumständen.

Drittes Kapitel.

Der Zwischenraum vom vorletzten zum letzten Kapitel umfaßte volle zwölf Monate; der von jenem Moment, wo das letzte plötzlich abbrach, bis zur Eröffnung des gegenwärtigen, umschließt nicht weniger als zwölf Jahre. Das heißt in Sätzen und Sprüngen über die Zeit forteilen, — macht es aber die Zeit selbst anders?

Wir müssen unsere Augen vor der Einförmigkeit der häuslichen Ereignisse zwölf lange Jahre schließen, zufrieden, hie und da einen flüchtigen Blick auf Ereignisse zu werfen, die vor uns, wie die Schattengestalten eines Traumes, vorübergehen. Wir müssen, ohne uns selbst von den Flügeln der Zeit berührt zu fühlen, uns schweigend ihren energischen und geräuschlosen Einfluß auf die schon vorgeführten Personen des Drama's denken: — die allmählig deutlicher gewordene Hinfälligkeit in Herrn Suberville's schmächtiger Gestalt, — die zunehmende Fülle in der noch immer stattlichen Figur seiner

Frau, — den Zuwachs der gedunſenen Fleiſchmaſſe
unſers Doctors, — Anmuth, Ebenmaß und Lieb=
lichkeit der jetzt wirklich ſchönen Leonie. Freilich
hatte auch der Tod ſo gut als ſeine ältere Schwe=
ſter, die Zeit, ihre knöchernen Finger auf den kleinen
Cirkel unſerer Bekannten gelegt. Der Capitän
war nicht mehr; Madame Bignon, die Amme
unſerer Heldin, war Wittwe geworden, und der
ehrlichen, liebevollen Aimée Leſtocq war von dem
ſüßen Mädchen, die nicht aufhören konnte, ihrer
zu gedenken und ſie zu lieben, ſchon mancher
Kranz auf ihr Grab gelegt und manche Thräne
gefloſſen. Ihr Verluſt war nicht zu erſetzen,
doch vertrat, ſo gut es irgend ging, Liſette, die
älteſte von Madame Bignons Töchtern und
Leonie’s Milchſchweſter, ihre Stelle.

Herr Suberville war von Jahr zu Jahr
reicher geworden, ſeine Geſundheit hatte ſich er=
halten, wie auch Doctor Glautte durch Tränke,
Pillen und Pulver bei leichten Unpäßlichkeiten
ernſtlich darauf Angriffe zu machen verſucht,
denn trotz aller Anmahnungen, und wiewohl
Madame ſelbſt ſie zubereitete, hatte doch der

fefte Mann fie insgefammt zurückgewiefen. Seine
Frau, die von Natur eine unverwüftliche Ge-
fundheit befaß, hatte lange allen Angriffen von
Seiten der Arkane des Doctors und ihrer eigenen Bereitwilligkeit fie jederzeit anzuwenden, wi-
derstanden. Ihre Conftitution kämpfte männlich, aber für die Dauer vermochte fie folchen
Anfechtungen nicht zu widerftehen. Nicht gerade
daß fie fchwach wurde, aber die Wangen ent-
färbten fich etwas, der kurze Athem trat ein,
und Ringel zeigten fich unter den Augen; der
Appetit verlor fich dann und wann, nach feiner
Befriedigung aber überkam fie Mattigkeit, was
in früheren Zeiten ganz anders gewefen war.

Doctor Glautte wurde, wie fchon oben angedeutet, immer fteifer und aufgedunfener, ein wenig kurzathmig, noch etwas verdroffener, und,
wenn hier eine Steigerung möglich, noch düm-
mer, indem feine fchon fo befchränkten Fähigkei-
ten mit jedem Tage einen feftern Typus annahmen,
bis es allen Anfchein einer moralifchen Verknö-
cherung gewann. Deffen ungeachtet hatte er einen beftimmten Inftinct, der ihn nie verließ.

Dieſer hieß ihn, ſich allen Umſtänden zu fügen, wie dieſe ſich auch entwickeln mochten. Uebrigens ſchien dieſe Geſchicklichkeit, deren er ſich vollkommen bewußt war, nicht im geringſten mit ſeiner Lieblingstheorie, vom Materialismus, zu ſtreiten, denn er fühlte ſelbſt ſehr wohl, daß es ein Inſtinct war, und pflegte in ſeiner proſaiſchen Weiſe zu Herrn Suberville zu ſagen: „er würde ihn auch auf angemeſſene Weiſe dargethan haben, wäre er allein das geweſen, wofür man den Menſchen ausgibt, nämlich ein Thier auf allen Vieren mit einem langen Schweif und keiner Vernunft.“ Herr Suberville hielt dafür, daß die letzte Clauſel gerade kein Hinderniß bei ihm abgeben dürfe. Indeſſen war er zu gutmüthig, es den Doctor empfinden zu laſſen. Aus langer Bekanntſchaft hielt er ihn für einen vollendeten Eſel, aber für einen harmloſen. Es war ihm zur andern Gewohnheit geworden, auf Glautte's einförmige Redefloskeln zu hören, ohne darauf Achtung zu geben; ja er empfand ſogar, wenn er Nachmittags ſeinen Gedanken über Geſchäfte oder Leonie's Zukunft freien Lauf ließ, ein Bedürfniß nach des Doctors näfelnden Tönen.

Herrn Suberville's Einsicht und Rechtlichkeit bei Führung seines Amtes, erhielten ihn fortdauernd in demselben. Um dem Doctor zu den mancherlei Freundlichkeiten, mit denen er ihn schon überhäuft, noch eine Dienstleistung hinzuzufügen, hatte er ihn, seit seiner ersten Einsezzung, zu seinem Maireadjuncten ernannt. Nie aber gab es eine echtere Sinecure als diese denn Herrn Suberville's geistige Thätigkeit ließ ihn, bei seinem brennenden Pflichteifer, auch das Geringfügigste selbst besorgen und ausführen, und außerdem hatte er einen Schreiber, einen scharfen, gewitzigten Burschen, dessen langer Dienst ihn für die kleineren Bureaugeschäfte unschätzbar machte. Glautte empfing daher eigentlich sein Salärium für nichts, er gab sich die Miene eines Geschäftsmannes, ohne jemals den Fuß in die Mairie zu setzen, außer etwa beim Verhör über unbedeutende Streitigkeiten, wo er es sich zur Gewissenssache machte, während des ganzen Prozesses zu schlafen, damit er, von keinen Zweifeln

beängstigt, jedem von seinem Vorgesetzten ausgesprochenen Urtheile beistimmen könne.

Der eben genannte Schreiber war ein Schurke
ohne alle Grundsätze, mit Namen François Faussecopie. In seinem begebenheitreichen, aber nicht
ehrenvollen Lebenslaufe hatte er sich bei großer
Thätigkeit, immer mit Schande bedeckt, war
aber immer noch durch ungemeine Schlauheit
dem Verderben entgangen. Während der Schrek-
kens-Regierung hatte er mitgewirkt, und war
auch den späteren Machthabern so nützlich gewesen, daß sie ihm den untergeordneten Posten bei
Herrn Suberville zutheilten, der vergebens gegen seine Ernennung protestiren mochte. Indessen gab er dafür sorgsam auf seinen Schreiber Acht, und übte dabei eine so heilsame Strenge
über ihn aus, daß Faussecopie mehrere Jahre
hindurch, mit Ausnahme einiger unbedeutenden
Erpressungen für Pässe und Certificate, aus
Zwang, ein ehrlicher Mann gewesen war.

Da Runzeln und Aberglaube, beide mit den
Jahren, zunehmen, ist es auch nichts besonders
Merkwürdiges, daß Madame Suberville's Ver-

trauen auf den Schutz der heiligen Ursula mit
den Jahren zunahm, obgleich die besondere Art,
wie die Heilige ihn darthun konnte, sich geändert hatte. Madame Suberville's Gebete be-
trafen nunmehr lediglich Leonie's Glück, die jetzt
im vollsten Besitze aller der Zärtlichkeit sich befand, welche die ehrliche Seele von früh an für
ihre eigene, so schmerzlich und lange ersehnte
Nachkommenschaft aufgespart hatte. Alle Schönheit und Liebenswürdigkeit ihres Schützlings schrieb
sie der unsichtbaren Sorgfalt der Heiligen zu, und
Leonie's beständiger weißer Anzug warf solch' einen Schein himmlischer Sanftmuth um sie, daß
sie der guten Madame Suberville zuweilen wie
etwas Ueberirdisches vorkam.

Der seltsame Anzug verbreitete allerdings eine
eigene Anmuth über die schöne Gestalt, auch
war sein Einfluß auf Leonie's Gemüthsart nicht
zu verkennen. Regelmäßig verrichtete sie ihren
Gottesdienst mit Madame Suberville, und wiewol ihr gesunder Verstand sie vor der Anstek-
kung und vor der Schwäche ihrer Wohlthäterin
bewahrte, blieb sie doch nicht frei von einem

enthusiastischen Anflug, der auf ihren schon ro=
mantisch gestimmten Sinn bedeutend einwirkte.
Sobald sie fähig war es zu fassen, hatte man
sie mit den außerordentlichen Ergebnissen ih=
rer Lebensgeschichte bekannt gemacht. Ihre gute
Pflegerin, Aimée, hatte sich oft mit ihr davon
unterhalten; und tausendmal hatte sie von Frau
Bignon alle kleine Umstände über die Erschei=
nung ihrer Mutter, ihre Gespräche und ihren
Tod gehört. Sie hatte einige Novellen und
poetische Schriften gelesen, und brütete über den
Zusammenhang, bis ihr junger und heftiger Geist
zu Zeiten zu fühlen schien, daß sie für etwas
Besseres bestimmt sey, als den gewöhnlichen Lauf
eines alltäglichen Lebens. Diese Gefühle zu=
sammen, mit einem hohen Grade von Verschämt=
heit, ließen sie vor den Blicken zurückschrecken,
die ihr jedesmal folgten, wenn sie aus dem Hause
ging. Sie selbst schrieb dies bloß ihrem seltsa=
men Anzuge zu, während doch alle Blicke ihrer
ungemeinen Schönheit Bewunderung zollten. Es
ist wahr, ihre weiße Tracht zog die Aufmerksam=
keit an, aber es geschah nicht eher, als bis die

Augen der Zuschauer ihr liebliches Gesicht aus
dem Auge verloren hatten. Ihre Scheu vor
diesem Angestauntwerden hielt sie auch fern von
Rouen. Man konnte sie, seit sie ihr zwölftes
Jahr erreicht, niemals überreden, die verwittwete
Frau Bignon zu besuchen, doch aber war ihr
Ruf schon durch diese alte Stadt verbreitet, wo,
so gut als in der ganzen Nachbarschaft, das Lob
der unvergleichlichen Vouée au Blanc ertönte.

Während sie so in der Kindheit ihrer ange-
bornen romantischen Neigung nachgab, welche in
ihrer Abgeschiedenheit und Frömmigkeit neue Nah-
rung fand, regte sich ein anderes Gefühl in ihrer Brust, das, jemehr sie zur Jungfrau hinan-
wuchs, um so mächtiger wurde. Herr Mowbray, der würdige Kaufmann aus Philadelphia,
hatte, nach seiner Rückkehr nach Amerika, in seiner regelmäßigen Correspondenz nie aufgehört,
Leonie's Namen zu erwähnen, und ihr Bild seit
seinem kurzen Besuche, wie sie sich wenigstens
vorstellte, in seiner Erinnerung nicht ganz un-
tergehen lassen, indem er ihr, von Zeit zu Zeit,
kleine Geschenke sandte und ihr freundliche Worte

sagen ließ. Aber mit dieser, richtigen oder irri-
gen, Vorstellung, vermischte sich ein anderes Wesen, das, ob sie es gleich nie gesehen, als etwa
in den flüchtigen Wolken ihrer Einbildungskraft,
doch für ihre jugendlichen Gedanken und Gefühle etwas ungemein Anziehendes und Blen-
dendes hatte. Dies war Eduard, Herrn Mowbray's einziger Sohn, dessen zufälliger Erwähnung im vorigen Kapitel der Leser sich entsin-
nen wird, und über den der Vater in jedem seiner Briefe ein Wörtchen fallen ließ Es sah
seltsam genug aus — und ich habe dies seltsame
Spiel mit eigenen Augen gesehen — wenn ein
Frachtbrief oder der Avisobrief von einem Wechsel eine Nachschrift folgenden Inhalts hatte:
„Eduard versichert sein kleines Weibchen seiner
innigsten Liebe," oder „er küßt seine Leonie viel
hundert mal" u. s. w., immer von des Vaters
Hand geschrieben, aber auch bestätigt, anfänglich
durch die hinzugefügten unleserlich gekritzelten Züge
eines Knaben von fünf oder sechs Jahren, dann bis
zu der krähenfüßigen Unterschrift eines acht- oder
zehnjährigen Burschen, doch von den Versuchen

zeugend, seine Hand gut zu führen, zuletzt wohlge-
setzte Buchstaben, welche den Namen Edward
Mowbray überaus leserlich und in die Augen
springend bildeten. Leonie pflegte immer mit
freudigen Blicken diese Briefe zu betrachten,
auch noch ehe sie dieselben verstehen konnte; und
als sie ihre Muttersprache lesen und verstehen gelernt, wünschte sie oft, Herr Mowbray schriebe
ein besseres Französisch, oder Eduard möchte diese
Sprache selbst lernen. Sie beantwortete diese
Denkzettel transatlantischer Galanterie auf kleinen Papierschnittchen, die Herr Suberville mit
kurzen Sätzen freundlichen Inhalts vollschrieb,
und sie unterzeichnete; doch kurz ehe sie ihr
funfzehntes Jahr erreichte (eine wichtige Epoche
ihres Lebens, bei deren Eintritt ich sie meinen
Lesern zu näherer Bekanntschaft vorzustellen ge-
denke) überkam sie der Gedanke, Englisch zu lernen. Unbewußt blickte dabei gewiß eine Hoffnung durch, die mit dem Gedanken an Eduard
Mowbray verknüpft war. Der Wunsch stritt
jedoch auch nicht mit dem allgemeinen Verlangen bei ihr, ihre Kenntniß zu erweitern. Von

v. 4

Sprachen hatte sie bisher nur ihre eigene er-
lernt, und zwar unter Anleitung einer Lehrerin,
welche täglich aus Rouen zu ihr herauskam;
sonst hatte sie in allen Zweigen des Elementar-
unterrichts, in der Musik, im Zeichnen, und auch
im Tanzen, überall solche Fortschritte gemacht,
wie man sie von einem Mädchen, das mehr als
gewöhnliche Talente besaß, erwarten konnte.

Kaum aber, daß das Verlangen, Englisch zu
lernen, in ihr lebendig geworden, als sie es auch
Herrn und Madame Suberville mittheilte, und
das mit einem Eifer, welcher ihnen bewies, daß
sie der Neigung nachgeben müßten. Sie willigten
sogleich ein, und um ihren Wünschen nachzukommen, wandte man sich den Augenblick an
Jemand, der in unserer Geschichte von solcher Wichtigkeit ist, daß ich ihm wahrhaftig die
Ehre erzeigen muß, mit Nennung seines Namens ein neues Kapitel zu beginnen.

Viertes Kapitel.

Monsieur Hippolyte Emanuel Narcisse de Choufleur war der Sprößling
einer jener alten und edlen Familien, die ich,
läge mir irgend ein heraldischer Spürhund zur
Hand, wol hinauf bis in das äußerste Dunkel
der Vorzeit verfolgen könnte. Dieser Edelmann
war ein geborner Royalist, ein vielgeschwätziger
und geschäftiger, sehr leerköpfiger Narr, der sein
besonderes Glück, diesen selben Kopf während
aller Stürme der Revolution unbeschädigt auf
den Schultern behalten zu haben, lediglich seiner geringen Fracht verdankte. Er schwamm auf
dem Wasser wie der Kork eines Ankers, und
diente nur dazu, den Grund zu bezeichnen, wo
seine Familie fest gesessen, und jetzt die Kaper
rund umher Schutz und Unterkommen finden
möchten. Verfolgungen und Confiscationen hatten alle Glieder seiner Familie aus ihrem Vaterlande vertrieben und ihn ohne Geld zurückgelassen. Sein ganzes Besitzthum bei Grün-

4 *

dung der Republik bestand in einigen halben
Dutzend himmelblauen, erbsengrünen und rosen-
rothen Röcken, ungefähr zwanzig Paar Nankinghosen, einer großen Anzahl Manschetten, so
wie Hemden und Jabots, etwa, daß zwölf von
diesen auf eines von jenen kommen, mehreren seidenen Strümpfen, Schnupftabaksdosen, Gürtel-
schnallen, Ringen und Prätiosen, und endlich in
einem Kästchen von Atlasholz voll unterschiedlicher
Documente, als Adelsdiplome, Ehecontracte, Belohnungen und andere Proben von edlem Blute,
legitimer Abkunft und Feudalrechten. Mit diesem Waarenlager begann Monsieur de Choufleur,
oder, wie er gewöhnlich genannt wurde, Monsieur
Hippolyte, seinen Handel als Emigrant, irrender
Ritter, Glücksjäger und soi-disant Marquis.

Nachdem er mehrere Jahre lang, nach Auf-
hebung aller der Vorrechte, welche sein einziges
Erbtheil bildeten, geschäftig und geschwätzig seine
vaterländische Normandie durchstreift hatte, entschloß er sich dann, selbst nach den gastlichen
Küsten Großbritanniens auszuwandern. Eben
so wenig als sein Aufenthalt in der Heimath die

Aufmerksamkeit erregt hatte, fand seine Abreise
die geringste Schwierigkeit. In kläglichem Auf-
zuge landete er in einem Fischerboote bei Brighton,
erzählte eine lange Lüge von seinen Unglücksfäl-
len, seiner Gefangenschaft und Flucht, wurde
von manchem ehrlichen John Bull herzlich empfangen, und blieb zwei Jahr, oder länger, auf
unserer Insel, indem er eine erstaunliche Kenntniß unserer Sprache gewann, und einen noch
größern Geschmack für unser Roſtbeef. Nachdem er sich, vermöge seiner Geschicklichkeit im
Tanzen, worin es ihm freilich kein Insulaner
gleich that, körperlich unterhalten, seine ungleich
wichtigeren Ansprüche auf den Titel eines Marquis aber durch das Pochen auf sein Atlasholz-Käſt-
chen, das Niemand sich die Mühe geben wollte,
zu untersuchen, geistig erhalten, benutzte er die
erste von Napoleon gewährte Amneſtie, und
kehrte zurück, um die Ueberbleibsel seines Fami-
lienerbtheils aufzusuchen, welche, wie er feierlich
versicherte, irgendwo in der Nähe der Drei-
Dörfer verborgen lägen.

Sein Wiedererscheinen verursachte einige Ver-

wunderung, aber noch weit mehr Belustigung.
Man lachte sowol über seine Unverschämtheit
als seine anderen komischen Eigenschaften. Er
entdeckte nie seine Schätze, verschwendete aber
das Wenige, was er mit Englischer Industrie
zusammengehäuft hatte, sehr bald mit Französi=
schem Leichtsinn. Er war so prozeßsüchtig wie
irgend Jemand in der Normandie, und nachdem
er mit François Faussecopie bekannt geworden,
einem für männiglich zugänglichen Geschäfts=
manne, trug er diesem auf, unter den unzähli=
gen Decreten der Revolution Nachsuchung zu
halten, um irgendwie Vorwände zu Processen
zu finden, d. h. zur Wiedererlangung solcher
Rechte, von denen keine Seele, selbst aus seinem
Munde, je etwas vernommen hatte. Aber die
Emsigkeit seines Rechtsfreundes konnte, selbst in
der Normandie, keinen einzigen Grund zum
Proceß aufstöbern, und der arme Monsieur Hip=
polyte sah sich in die traurige Nothwendigkeit
versetzt, als Englischer Sprachlehrer bei den Ho=
noratioren in Rouen und der Nachbarschaft auf=
zutreten, die sich herabließen, irgendwie, sey es

auch nur vermittelst der Pagina einer Gramma=
tik, mit der verhaßten Nation umzugehen, deren
Sprache damals für eben so barbarisch galt, als
sie selbst verabscheut wurde.* Demzufolge stellte
er seine Wanderungen durch das Land ein und
fixirte sich selbst in einer kleinen Kammer im
vierten Stockwerk eines der ältesten Häuser, in
einer der engsten Straßen von Rouen. Um die
Vorübergehenden anzuziehen, und seine Absicht
bekannt zu machen, hing eine kleine schwarze
Tafel an einem Stricke aus seinem Fenster=
kreuz heraus, und schwebte hinab bis an das
Gesimms des Ladenfensters unter ihm, indem auf
der einen Seite folgende Worte zu lesen waren:

RUN OF THE ENGLISH TONGUE,
BY MISTER CHOUFLEUR.
HE GIVES THE PARTICKLER LESSONS.
TO ADDRESS ONESELF TO THE PROFESSOR WHO
RESTS IN THE FORTH.

Auf der Kehrseite stand folgende Ueberse=
zung, wie ich vermuthe, zum Besten der Herren
vom Lande, und die zugleich einige zweifelhafte
Stellen des Originals auch für solche Herren,
welche Englisch verstanden, aufklärte.

COURS DE LANGUE ANGLAISE,
PAR M. DE CHOUFLEUR.
IL DONNE DES LEÇONS PARTICULIERES
S'ADDRESSER AU PROFESSEUR, QUI RESTE AU
QUATRIÈME.

Natürlich lockte eine solche Ankündigung in jeder Rücksicht. Es gab keinen abgeschmacktern Unterricht als den dieser neue Professor seinen Zöglingen ertheilte, und da die beschränkte Kenntniß unserer Sprache in Frankreich vor Abschluß des Friedens meistentheils aus einer solchen Quelle floß, erklärt es sich, wenn unsere Landsleute, die zuerst drüben in Paris waren, ihre Französischen Freunde bitten mußten, ihre Englischen Grüße ins Französische zu übersetzen, damit die Engländer sie verständen. Jedoch verschaffte sich Monsieur Hippolyte auf diese Art seinen Lebensunterhalt, und da er keine Mitbewerber hatte, mindestens keinen, der weniger unwissend war als er selbst, wurde er in wenigen Jahren unter allen Gelehrten in Rouen und der Nachbarschaft äußerst berühmt.

Aber es gab noch eine Sprache, die er sich einbildete, weit besser zu verstehen als die Englische — die Sprache der Herzensbeängstigungen, des Herzklopfens, der Seufzer, des Rothwerdens, kurz — die Sprache der Liebe. Diese, betheuerte er, zuerst durch Inspiration erworben und dann durch Studium vervollkommnet zu haben. Er war sehr tief in diesen besondern Zweig der Philologie eingedrungen; er konnte die Wurzeln aller dieser jungen Blüthen der zartesten Neigung auffinden; er wußte, wo die Sprache ausreichte, und wo sie der Unterstützung bedurfte; von ihren Symptomen conjugirte er jedes auxiliare und irreguläre, und wußte auf der Stelle Alles, was ihm in den Weg trat, zu decliniren, nur declinirte er (was Englisch auch ablehnen bedeutet) niemals solche Worte, die wie Einladungen zum Frühstück, Mittag- oder Abendbrot klangen.

In dieser Sprache gab er umsonst Unterricht, und die Großmuth, mit welcher er seine Lehrstunden verschwendete, war ohne Grenzen. Junge Mädchen, Frauen und Wittwen erhielten auf gleiche Art seine freiwilligen Dienste, aber wiederholentlich erklärte er, daß die Sprache der

Liebe (la langue d'amour) wenig für den Gau-
men der Frauen aus der Normandie sich eigne,
denn es war weltbekannt, daß keine von ihnen,
welchen Alters und Standes sie war, über fünf
Minuten auf seine Vorlesungen hören wollte.

Monsieur Hippolyte konnte sich davon keinen
Grund angeben. Oft sah er sich deshalb von
Kopf bis Fuß im Spiegel, ohne klüger zu werden. Um jedoch jenes in's Werk zu setzen, war
er allemal genöthigt auf einen Stuhl zu steigen,
und er befand sich grade bei diesem lobenswer-
then Acte, seine Selbstkenntniß zu erweitern, an
einem frischen und frostigen Sonntagmorgen, wo
er eben von der Frau seines Wirthes einen Korb
erhalten, als seine alte Aufwärterin ihm ein
Billet in die Hand steckte. Darin stand, „daß
Mademoiselle Suberville durch einen Besuch des
Herrn von Choufleur in den Drei-Dörfern sich
sehr geehrt fühlen würde, indem sie Unterricht
in der Englischen Sprache bei ihm zu nehmen
wünsche."

Sein Entzücken bei Durchlesung dieser Zei-
len war grenzenlos. Ganz demselben Raum zu

geben, riß er die Weste auf, warf die alte Frau hinaus, riegelte die Thüre zu und pflanzte sich in seinen Armsessel. Hier las er das Billet ein tausendmal über, und nachdem er sich zuletzt (nach dem Zeugniß seines Nachbars am gegen= überliegenden Fenster) in den ungemessensten Aus= drücken seines Entzückens erschöpft hatte, schlang er um das Billet ein Stückchen nelkenrothes Band, und nachdem er es auf der innern Seite seiner Weste, dicht über dem Herzen, festgemacht, zog er den Anzug wieder zurecht und bereitete sich, nach Herrn Suberville's Wohnung hinaus= zugehn. Während wir ihn ungefähr drei Vier= tel einer Stunde auf diesem Wege beschäftigt wissen, wollen wir ungefähr eben so viel Raum eines Kapitels anwenden, Rechenschaft von sei= nem Entzücken und was dahin gehört, abzulegen.

So gut wie alle guten Leute in Rouen, die gern ihren Nachbar beschwatzen, oder beschwatzen hören, hatte auch er oft von der bezaubernden Schönheit, den Talenten und der romantischen Neigung unserer Vouée au Blanc vernommen. Indem er vollkommen überzeugt war, daß er in

jeder von diesen drei Rücksichten eine vollkom=
mene Parallele mit dem jungen Wesen hielte,
fühlte er schon immer eine Inspiration, die ihn,
wie er sagte, unwiderstehlich antrieb, ihr entge=
gen zu kommen, um ihren wechselseitigen Nei=
gungen Gelegenheit zu geben, sich zu begegnen.
In dieser Absicht hatte er schon manche frucht=
lose Versuche gemacht, mit Herrn Suberville
bekannt zu werden, und noch drei Monat vor=
her, ehe er Leonie's Billet erhielt, hatte er den
Plan gefaßt, regelmäßig jeden Sonntag Mor=
gen bei der Frühmesse, in der kleinen Kirche
nahe bei Herrn Suberville's Hause gegenwärtig
zu seyn, wenn Madame und ihr Pflegekind hier
pünktlich ihr Morgengebet verrichteten.

In diesem demüthigen Heiligthume erblickte
der schon verliebte Hippolyte zum ersten Male
den Gegenstand seiner Neigung.

In einem weißen Atlasrock mit weißem Pelz
verbrämt, einer weißen Haube auf dem Kopf,
ihr liebliches Antlitz, von einem langen weißen
Schleier bedeckt, und die weißledernen Schuhe
mit Pelzschleifen besetzt, daß sie kleinen Kanin=

chen glichen, die zuweilen unter ihren Kleidern
vorblickten, so trippelte Leonie eines Novembers
morgens an der Seite ihrer Mutter längs dem
Chorgang, als De Chonfleur, der sich einen vors
theilhaften Standpunct erwählt hatte, den vers
körperten Geist seiner verzückten Einbildungs=
kraft glaubte auf sich zukommen zu sehen. Seine
Ruhe war hin; bei der Kälte des Morgens und
einer dünnen Kleidung, zitterte er von Kopf zu
Fuß, während sein Herz in heftigen Schlägen
gegen die Brustknochen anstürmte.

Madame Suberville und Leonie gingen, ohne
von ihrem Beobachter etwas zu merken, ruhig
nach ihrem gewöhnlichen Platze an der linken
Seite des Altars, wo der Priester noch nicht
erschienen war. Sie knieten sanft nieder, und
als Leonie ihr kleines roth eingebundenes Ge=
sangbuch öffnen wollte, erschrak sie vor dem Ge=
räusch, das ein fallender Körper auf der andern
Seite der Altarstufen verursachte. Sie blickte
hin und sah die Gestalt eines Fremden, der dicht
vor ihr niederkniete, die Augen fest auf sie ge=
richtet, und die Hände vor sich in bittender Stel=

lung gefaltet haltend. Dies war kein anderer als De Choufleur, dessen Herzklopfen von seinem regelmäßigen Geschwindmarsch, als er zuerst Leonie in die Kirche schlüpfen sah, allmählig in Trab, Gallop, Carriere übergegangen war, bis er, als sie zum Beten sich niederließ, so überwältigt wurde, daß er, nachgebend der unwiderstehlichen Sympathie, welche seine Bewegungen nach den ihrigen einrichtete, mit einer Heftigkeit auf seine Knie niedersank, welche den sie in ein solches Erstaunen versetzenden Ton verursachte.

Ihr erster Drang, als sie seine Gestalt in's Gesicht faßte, war in ein lautes Gelächter auszubrechen, aber die Achtung für den heiligen Ort unterdrückte schnell diese Versuchung, und Schnupftuch und Husten mußten eine gewaltsame Rolle spielen, aus der es ihr dennoch volle Anstrengung kostete, nicht hinauszufallen. Madame Suberville hatte in der Tiefe ihrer Andacht weder Auge noch Ohr für Alles, was um sie her vorging. Um indessen den Leichtsinn meiner Heldin zu entschuldigen, muß ich noch

etwas Monsieur Hippolyte's Gestalt und Aufzug
an diesem Tage beschreiben.

Er war höchstens fünf Fuß einen Zoll groß,
und da er dazumal bereits etwas über die Vierzig hinaus war, so glaubte man allgemein, daß
er seine vollkommene Größe schon erreicht habe.
Zwischen Länge und Dicke waltete kein besonderes Ebenmaaß ob, weder im Ganzen noch in
den einzelnen Gliedern, und, um ganz geogra-
phisch zu sprechen, Monsieur war eben kein
Musterbild eines wohl proportionirten Mannes.
Der Kopf, nach vorwärts gebeugt wie ein Vor-
gebirge, war groß und lang, der Leib wie ein
ausgedehntes Festland, dick und ebenfalls lang,
während der Isthmus von Nacken zugleich kurz
und dünn erschien; die Arme reichten fast bis
an die Knie, und Schenkel und Beine waren
erstaunlich steif und muskulös; dazu kam eine
kleine Erhöhung auf der rechten Schulter, welche
den Kopf zu der bemerkten Bewegung nach vorwärts nöthigte und dem Manne eine schiefe
Richtung en échelon gab. Kurz, das einzige
Gute an der ganzen Gestalt waren die zierli-

chen Knöchel und · die außerordentlich kleinen
und netten Füße, die aber von ein paar Waden
überthürmt wurden, deren herkulische Dimensio-
nen bei der geringsten Anstrengung ihre Hülle,
das heißt, die Nähte der alten, geflickten seidenen
Strümpfe — weiß ursprünglich, dann mit gel-
bem Ansatz von der Zeit und mit blauem von
der Wäscherin — zu zersprengen drohten.

Sein Gesicht war besonderer Art. Es war
nicht geradezu häßlich, aber außerordentlich drollig.
Die Stirne machte von den Augen aus eine
schiefe Retraite, und die Nase ging dagegen so
weit vorwärts als es irgend erlaubt ist. Die
himmelblauen Augen folgten der Nase mit aller
Anstrengung und ragten weit aus ihren Höhlen
heraus. Die weißen Augenbrauen und zurück-
geschlagenen Augenlieder minderten nicht den Eindruck dieses unnatürlichen Heraustretens, und der
kleine Mund endlich, der mit dem Kinn grade
in demselben Verhältniß, wie die Stirne, zurück-
ging, gab der ganzen Physiognomie ein Spür-
hund-ähnliches Ansehen. Das flächsene Haar
war kurz und gekräuselt und mit Puder und

Pomade angefüllt. Die Wangen waren dunkel-
roth, jedoch mit solchen braunen Furchen geziert,
daß sie wie ein Paar Schnurrbärte auf beiden
Seiten aussahen.

Eine gewisse Ehrfurcht für alterthümliche Fa-
milienstücke und eine natürliche Liebe für zierl-
chen Putz, ließ Monsieur Hippolyte nicht allein
die ihm übrig gebliebenen Stücke aufbewahren,
sondern sie auch bei jeder Gelegenheit am Leibe
tragen. Er trug Ringe, Ohrringe und Schnallen in Unzahl und hatte während aller Unglücksfälle im letztern Theile seines Lebens dahin ge-
strebt, wenigstens einen Anzug aus seiner alten
Garderobe sich vollständig zu erhalten. Auch
heut trug er alle seine Schätze bei sich, auf dem
Rücken, oder wo es sich sonst eignete. Sein letz-
tes Paar seidne Strümpfe ist bereits erwähnt.
Das Kleidungsstück, welches zunächst darauf
nach der Ordnung des menschlichen Körpers
folgt, und das sonst wie von Nanking aussah,
glich jetzt einem schlecht gewaschenen weißen Ca-
lico, und seine Weste, die ursprünglich ein glänzendes Violet gewesen, war durch alle Regenbo-

v.   5

genfarben hindurch gewaschen. Nichts von Cra-
vatte, Jabot und noch weniger von dem mysteriösen Kleidungsstücke, an das letzteres hing, sa-
gend, erwähne ich nur noch des ehemaligen rosa-
farbenen Rockes, der, schon vor langer Zeit, zuerst prächtig purpurn, dann zum allerdunkelsten
Schwarz aufgefärbt worden. Auch hatte der
Tanzunterricht, den Monsieur Hippolyte zu ertheilen die Güte gehabt, vortheilhafter auf das
Nervengewebe seiner falschen Waden als auf das
seines Rockes eingewirkt, indem letzteres so em-
pfindlich für jeden Eindruck geworden war, daß
es, dem Schatten eines Schatten gleichend, gegen das Licht gehalten, chamäleontisch von allen
Farben Belege abgab.

So war der Mann, als er sich mit Gewalt
Leonie's Blicken aufdrängte. Was brauchen wir
bei seinen Gefühlen und ihrem Vergnügen daran
zu verweilen, wie sie sich wöchentlich während der
drei, auf dieses gewichtige Zusammentreffen folgenden Monate umgestalteten. De Chousleur
hatte sich wirklich in den Glauben hineingearbei-
tet, er sey verliebt, und der unschuldige Gegen-

stand seiner Selbsttäuschung war dergestalt von
der komischen Erscheinung belustigt, welche er jeden
Sonntag Morgen gewährte, daß sie, zu offenba-
rem Schaden der frommen Gedanken und gesetzten Blicke, die sich für den Ort, wo er erschien,
so wohl ziemten, es nicht unterlassen konnte nach
seiner Figur hinüber zu blicken. Endlich mußte
auch Madame Suberville seine ununterbrochene
Gegenwart bei der Messe bemerken. Dies flößte
ihr aber nur eine gute Meinung für ihn ein,
und sie willigte gern in Herrn Suberville's Vorschlag, daß er Leonie's Lehrer im Englischen werden solle. Leonie war über die Ernennung entzückt, und sie freute sich nun um desto mehr
auf ihre neuen Studien.

Fünftes Kapitel.

De Choufleur's Gedanken gleiteten so lustig
fort, als er selbst mit seinen zierlichen Füßen
auf dem hart gefrornen Wege nach dem Thale.
Sein Geist wurde so elastisch wie seine Nerven,

5 *

und seine Hoffnung schwoll in vollkommner Sym=
pathie mit den Sehnen seiner Waden, giganten=
artig. Er war überzeugt, daß die Liebe endlich
den Funken geworfen auf den langen Pulver=
faden seiner Blicke und der leidenschaftlichen
Leibes= und Körperverzückungen, welchen er so
geschickt in die Mine gelegt, um die tiefen Kam=
mern in Leoniens Herzen aufzusprengen. Im=
mer und immer wünschte er sich Glück, daß er
durch keine voreilige Anstrengung sich ihr auf=
gedrungen, noch sonst etwas gethan, was die Wir=
kung seines tiefen Planes verhindert hätte, und
grade als er sich Herrn Suberville's Hause nä=
herte, überfiel ihn eine solche Herzensangst, daß
er sich an einem Vorsprung anlehnen mußte, um
wieder Athem zu schöpfen.

Die Zeit, welche er in Verzückungen über
das Einladungsbillet verloren, hatte ihn an sei=
nem gewöhnlichen Morgen=Gottesdienst verhin=
dert, und Madame Suberville und Leonie einen
solchen Vorsprung gelassen, daß sie zurückgekehrt
waren und ihr Frühstück eingenommen hatten, ehe
er das Haus erreichte. Leonie erwartete durchaus

nicht, daß er so schnell ihrer Einladung nach-
kommen würde. Nicht wenig war sie daher erstaunt, als sie seine wohlbekannte Gestalt den
Weg am Bache entlang kommen und über den
Eisspiegel der nassen Bleichwiese herangleiten
sah. Kaum konnte sie sich eines lauten Auf-
lachens erwehren; da sie aber wußte, daß Monsieur Hippolyte seiner Frömmigkeit wegen in
großer Gunst bei ihrer Mutter stand, hatte sie
sich von je an in deren Gegenwart jedes spötti-
schen Ausdrucks über ihn enthalten. Und wol
möchte es nöthig seyn hier vorauszuschicken, daß
ihre unschuldige Seele an keinen andern Grund
seines beständigen Kirchenbesuches gedacht hatte,
als eben seine Frömmigkeit. Oft hatte sie über
ihn gelacht und Alfred Suberville, den Sohn
des verstorbenen Capitäns, zum Vertrauten gemacht, wenn es ein lächerliches Geheimniß oder
sonst einen Spaß über ihn oder Doctor Glautte
mitzutheilen galt.

Hier muß ich erwähnen, daß dieser Cousin,
wie sie ihn höflich nannte, dem Willen seiner
intriguirenden Mutter gemäß, sie nie aus den

Augen lassen sollte, um hoffentlich ihr Liebhaber und dereinst der Erbe von seines Oheims Reichthum zu werden. Er war ein gutmüthiger, sorgenloser Bursch, und war Leonien herzlich gut, ohne sie zu lieben oder geliebt zu werden. Auch an diesem Morgen befand er sich im Dorfe und entdeckte eben so schnell als sie De Cheufleur's glänzendes Antlitz, hervorblühend aus dem Dunste, den sein Hauch in die kalte Luft sandte. Der Zwang beider jungen Leute, anständig zu bleiben, stach lustig ab von den eifrigen Vorbereitungen der alten Dame, den Fremden feierlich zu empfangen, so wie von Herrn Suberville's ruhigem Ernst, der, in seinen Zeitungen lesend, sitzen blieb, entschlossen, von dem durch Alfred angekündigten Besucher wenig Notiz zu nehmen, da er, dem Rufe nach, ihm sehr verächtlich vorkam.

Nach einer Minute feierlicher Erwartung, angedeutet nur durch einige Töne unter Vermittelung des Musselinschnupftuches, wiederholtes Scharren mit den Sohlen seiner Schuhe, durch ein Paar Hem's, ungefähr in der Mitte liegend zwischen Schluchzen und Pferdegewieher, —

öffnete sich die Thür, und auf die mit unter=
drücktem Lächeln erfolgte Anmeldung aller Namen
des Monsieur de Chousleur folgte der Eintritt
des rechtmäßigen Besitzers dieser Namen selbst.
Getreu nach den Sitten seines ehemaligen und
seines gegenwärtigen Gewerbes, hatte er zur er=
sten Anrede auch seine erste Stellung gehörig
vorbereitet. Er blieb deshalb an der Thür=
schwelle stehen, nahm anmuthvoll seinen kleinen
dreieckigen Hut unter den Arm, stellte seine Füße
in die dritte Position, brachte Ellenbogen und
Handgelenke seines rechten Armes in ein gehö=
riges Viereck und berührte die linke Brust mit
den Spitzen seines Daumes und der Vorder=
finger. So eingerichtet, begann er, indem er
die Augen im Zimmer umherwarf: „Meine
Herren und Damen!" als Madame Suberville
aufstand, ihm entgegentrat und ihm kurz in's
Wort fiel mit einem: „Guten Morgen, Mon=
sieur; es freut mich ungemein, einen Herrn be=
grüßen zu können, der gleich ausgezeichnet ist
durch seine Kenntniß fremder Sprachen, wie
durch seine treue Erfüllung der Pflichten der

Religion. Haben Sie die Güte und kommen herein; dies ist mein Mann, und dies mein Neffe, und dort sitzt meine Tochter, die von nun an Ihres Unterrichts sich erfreuen wird."

„Ah, Madame!" seufzte der verliebte Hippo= lyte, etwas verwirrt durch die plötzliche Unter= brechung seiner Rede, aber ganz überwältigt von der Seligkeit, bei Leonie wirklich eingeführt zu seyn, „ah, Madame, ich kenne sie bereits."

Herr Suberville hatte jetzt auch die Augen über das Zeitungsblatt geworfen, und neigte sich leicht mit dem Kopfe gegen De Choufleur. Der klägliche Ton seiner Stimme und die thea= tralisch schmachtenden Blicke erschienen außeror= dentlich lächerlich; da es aber das erste Mal war, daß Herr Suberville ihn sprechen hörte, so nahm er es für ausgemacht, dies sey seine tägliche Art und Weise, und brach, nachdem er noch zwei oder drei Augenblicke weiter gelesen, kurz auf, und verließ das Zimmer.

Alfred, der fortwährend Leonien wegen De Choufleur's Kirchengehen geneckt und sie, ohne irgend etwas mehr als dessen allgemeinen Cha=

rakter zu kennen, versichert hatte, sie habe eine
Eroberung an ihm gemacht, war jetzt wirklich
überzeugt, daß es sich so verhielte. Er erwie=
derte deshalb auf dessen langgezogenen Seufzer
der Anerkenntniß, welcher auf Madame Suber=
ville's Einleitung gefolgt war: „Ah, Monsieur,
und auch sie kennt Herrn von Chorfleur ganz
gewiß. Schon manches Mal hat sie mir da=
von erzählt, wie Sie in der Kirche zusammen
gewesen sind."

„Welches Herz!" rief Hippolyte feurig aus.
„Und hat Mademoiselle die Güte gehabt, im
geringsten nur auf den niedrigsten und ergeben=
sten ihrer Diener zu achten?"

Diese Rede war geradezu an Leonie gerich=
tet, und in einem Tone, der allen Pathos und
alle Leidenschaft erschöpfen sollte. Leonie, in
der That verschämt von dem fest auf sie ge=
richteten Blicke, und unfähig sich länger zu
halten, erröthete über und über. Schnell
stopfte sie ihr Schnupftuch in den Mund und
wendete sich nach dem Fenster, um zugleich ihre
Verwirrung zu verbergen und lachen zu können.

Als De Chauffeur ihr Erröthen gewahrte, ohne zu wissen, was damit zugleich vorging, glaubte er nicht andres, als er habe den rechten Grund errathen; fest preßte er jedoch die Zunge zwischen den Zähnen, aus Furcht, daß er irgendwie das Entzücken, welches ihn durchglühte, verrathen möchte.

Alfred, der sich höchlich an dem Auftritt ergötzte, rief sogleich der Madame Suberville zu: Kommen Sie mit mir, theure Tante, wir wollen Leonie und Monsieur De Chauffeur allein lassen, daß sie ihre Studien beginnen können. Sehn Sie nicht, wie sehnlich Beide darauf warten, allein zu seyn?

„Je eher je besser," sagte Madame. „Wenn es gilt, Lehrstunden in Ordnung zu bringen, muß man Lehrer und Schülerin zusammen lassen, besonders wo Alter und Ehrbarkeit des Ersteren gehörige Bürgen für die Sicherheit der Letzteren sind. — Verhält es sich nicht so, Monsieur De Chauffeur?"

Ah, Madame! seufzte De Chauffeur.

„Jetzt, liebes Kind," wandte sich Madame

Suberville an Leonie, „gib genau auf Alles
Acht, was Monsieur De Choufleur Dir sagt.
Du weißt, wie er dein Zutrauen verdient."

O! murmelte Hippolyte.

„Sie brauchen sich vor Unaufmerksamkeit
ihrer Schülerin nicht zu fürchten," setzte die
geschwätzige Dame, zu ihm gewandt, hinzu.
„Glauben Sie mir, das Kind wird mit dem
größten Vergnügen ihren Unterricht anhören."

Davon bin ich durchdrungen, Madame!

„Und wahrhaftig, kein Mädchen ihres Alters lernt so von Herzen gern."

Zu viel, zu viel! rief De Choufleur in un-
gemeiner Aufregung, als Alfred seine Tante
zum Zimmer hinausführte und die Thüre zu-
machte. Leonie hatte eine Weile in der Fenster-
nische gestanden, und nicht gewagt sich umzudre-
hen. Jetzt hörte sie die Thür zuschlagen und
wußte, sie war mit ihm allein.' Dies brachte
sie endlich wieder zur Fassung, und mit freundlicher Anmuth und Ruhe kam sie De Choufleur
entgegen, und bat ihn, Platz zu nehmen. Es
war sein Glück, daß das liebliche Mädchen den

Tact hatte, ihm auf diese Weise zuvorzukommen, denn hätte sie nur eine Minute länger gewartet, so würde er sich auf ein Knie vor ihr nieder= gelassen haben, wenn er vorher sein Cambray= Schnupftuch, das er schon fertig hielt, ausgebrei= tet hätte, um sein Nanking=Kniestück zu schützen.

Ihre Ruhe und ihr Anstand brachten ihn wieder zu sich, denn er hatte nicht anders ge= glaubt, als daß Madame Suberville und ihr Neffe ihm den Weg zu dem schönsten Bekennt= niß gebahnt hätten, und daß Leonie in süßer Verwirrung, so bald er mit ihr allein sey, ver= gehen werde. Deshalb starrte er noch immer auf sie hin, jedoch Mund und Brauen so zu= sammengezogen, daß man darin Unaussprechli= ches lesen konnte. Sie wiederholte ihre Einla= dung, daß er sich doch setzen möchte, wie sie be= reits gethan. Er nahm nun auch einen Stuhl, aber es geschah mit der Miene eines Automats; und mit einem Seufzer aus der tiefsten Brust: „Ah, ah, ah!“ sank er fast unbewußt hinein.

Leonie schlug nun vor, an das Geschäft zu gehen, dessenwegen sie hier zusammen gekommen,

und er, allmählig seine Geistesgegenwart sam=
melnd, zog nun eine Grammatik der Englischen
Sprache heraus. Als er sie auf den Tisch legte,
öffnete sie sich von selbst, also ein echtes Orakel,
beim Verbum to love (lieben). Hippolyte hielt
dies offenbar für einen Fingerzeig der Vorse=
hung und mit erstaunlicher Schnelligkeit über=
strömten ihn wieder die vorigen zarten und feu=
rigen Gefühle. Er ergriff das Buch, und, auf
das himmlische Wort zeigend, warf er auf Leo=
nie einen schmachtenden Blick, und conjugirte die
erste, zweite und dritte Person des Präsens im
Indicativ. Sein Ton und sein Accent dabei
läßt sich nicht in schwarzen Lettern wiedergeben,
seine Aussprache war aber folgende:

Hi loaf!!	Vee loaf!!
Dow loafest!!	Yeu loaf!!
Ee loafs!	Day loaf!

Unsere Ausrufungszeichen sollen den ver=
schiedenen Grad der Extase andeuten, die sich
bei jedem ausgesprochenen Beugungsfall kund
gab. Was Ton und Gesten dabei betraf, so
gingen sie weit über alle Beschreibung hinaus.

Nachdem einige Zeit in dieser lieblichen
Spielerei verloren gegangen, bat ihn Leonie, die
kein Wort, von Allem was er sagte, verstand,
ihr doch irgend eine Aufgabe zu geben, und er,
entzündet von einem plötzlichen Gedanken, sagte
ihr, es sey nun einmal seine unwandelbare
Methode, damit anzufangen, daß er seine Schü=
ler einige Sentenzen Englisch niederschreiben
lasse. Damit fahre er täglich fort, um sie we=
nigstens mit der äußern Erscheinung der Worte
vertraut zu machen, und anderer Lehrgründe
wegen, die er ihr jedoch erst bei fortgerückten
Studien mittheilen könne. Sie nahm daher
aus ihrem kleinen niedlichen Schreibzeuge (ein
Geschenk des Herrn Suberville bei ihrem letzten
Namensfeste), Feder, Tinte und Papier, und
schrieb, wie er dictirte, mit ihrer allerliebsten
Hand Folgendes, indem die Orthographie vieler
Worte sich ganz nach seiner Aussprache richtete:

„My deer, how I am glad to make you
knowledge! It give me some of the plai-
sure more than I can you tell. You ar one
man much amiable. You ar the gentle-

man perfect, complet, and the best bred.
I live on loaf! my brest burn like one
oven, and hi kiss you with my hart!" *)

Unter dieses Exercitium mußte sie ihren
Namen schreiben. Dann, in der Form eines
Briefes es zusammenfaltend, steckte er es sorg=
sam in seine Tasche. Nun, wie von irgend ei=
nem hastigen Gedanken getrieben, nahm er Ab=
schied, verheißend, gewiß am folgenden Tage
wiederzukommen. Um indessen alle Zweifel,
welche sein plötzlicher Aufbruch herbeiführen
könnte, gleich zu beseitigen, sage ich in voraus:
es geschah lediglich zur Befriedigung seiner au=
ßerordentlichen Eitelkeit, daß er so aus dem

*) Der Humor des Briefes voller Unsinn und ortho=
graphischer Lächerlichkeiten läßt sich eigentlich nicht über=
setzen. Ungefähr würde er lauten:
„Mein Hirsch (statt mein Theurer, deer für dear)
wie bin ich froh, deine Bekanntschaft zu machen! Es gibt
mir etwas mehr von dem Vergnügen, als ich Dir sagen
kann. Du bist einer Mann, der sehr liebenswürdig ist. Du
bist ein vollendeter Edelmann, complett, und am besten
erzogen. Ich lebe von von der Liebe! Meine Brust
brennt wie ein Ofen, und ich küsse Dich mit meinem
Herzen. A. d. U.

Hauſe fortſtürzte, denn draußen war es ſein
erſtes, daß er den abſichtsloſen Liebesbrief her=
auszog, und ihn über und überleſend ſich ſelbſt
einzubilden verſuchte, es ſey in der That Leo=
nie's Herzensſprache.

Seine Beſuche dauerten ſchon einige Wo=
chen, immer aber wurde er durch das anſtän=
dige Benehmen ſeiner Schülerin in gebührender
Entfernung gehalten. Denn, ſo jung ſie war,
hatte ſie doch richtigen Tact genug, einzuſehen,
wie hier ein entſchloſſenes Weſen, das nichts
von Begünſtigung ahnen ließ, gegen ihn ange=
bracht ſey. Ihre Fortſchritte im Engliſchen
waren, wie man ſich denken mag, ſehr unvoll=
kommen. Die größte Schwierigkeit, die ſich ihr,
welche von Natur mit ſcharfem Verſtande be=
gabt war, entgegen ſtellte, war die klägliche Un=
wiſſenheit ihres Lehrers, und ſie entdeckte nur
zu bald ſeine Unfähigkeit. Dennoch fühlte ſie
die Nothwendigkeit, mit irgend einem äußern
Beiſtande ſich durch den Moraſt unſerer unver=
ſtändlichen Ausſprache durchzuhelfen. Obgleich
ſie einſah, daß ſie die Grundſätze der Sprache

mit Hülfe der Grammatik und des Wörterbu-
ches erlernen könne, glaubte sie doch für immer
in Unwissenheit verharren zu müssen, wenn sie
nicht unter Monsieur De Chousleur's Vermittelung mit der Aussprache dieser fürchterlich rauh
klingenden, von Consonanten überladenen Sprache vertraut würde. Hippolyte sagte ihr, daß er
hierin ganz Meister sey, und wenn sie seiner
Versicherung auch nicht ganz traute, hielt sie
seinen Beistand doch immer für besser als
nichts, und so fuhren sie in dem scherzhaften
Unterrichte fort. Er hütete sich wohl vor irgend einem Ausdruck seiner Leidenschaft, der
ihr Zartgefühl beleidigen könnte. Ganz zufrieden, so häufig bei ihr zu seyn, rächte er sich
für den Zwang, den sie ihm im Reden auflegte,
indem er sie durch die Schrift Gefühle ausdrücken ließ, die gleich übertrieben und lächerlich
waren. Er verharrte so lange bei den Englischen Exercitien, wie er sie noch immer nannte,
bis er einsah, wie sie genug von der Sprache
wußte, um die Furcht, daß sie etwas von dem
schändlichen Unsinn, den er ihr in die Feder

v.   6

dictirte, verstehe, zu rechtfertigen. Nun hörte er hiemit auf, aber er hatte doch 10 oder 12 dieser köstlichen Briefe gewonnen, und ich will meinen Lesern hier noch eine Probe davon geben, die mir selbst, freilich lange nachher, vor Augen gekommen ist.

„Nite and day, morning and after twelve o'clock, my thotes are at thee. In the shursh or at the walk, in the deep my-strees of some sleep, or in the full day, it is thou my deer who art before my ise, thy head bended all ways by the halter, where I burn to be tied to thee without even the ceremony of being corded by my relations. Beleeve mee untill the deth, thee very loafly, Leonie.“

„My cousin Alfred makes the galons, but I thee promise I will marry myself with thee as soon as my wishes are dead. *)“

———

*) Der Englische Autor erklärt selbst, es wäre zu viel gefordert, alle Mißverständnisse und Zweideutigkeiten dieses Briefes auseinander setzen zu wollen; die Lächerlichkeiten zu entziffern, müssen auch wir daher den mit der Englischen Sprache vertrauten Lesern überlassen. Doch

Ich habe schon gesagt, daß De Choufleur's Absicht, als er Leonie zuerst diesen Unsinn nieder=schreiben ließ, lediglich war, sich selbst wohl zu thun; kaum aber hatte er zwei oder drei davon in seinem Besitz, als seine entsetzliche Eitelkeit und Thorheit ihn trieb, sie einigen auserwählten Freunden, als Beweis, wie es ihm geglückt sey, ihre Neigung zu erwerben, vorzulegen. Er dachte deshalb an Faussecopie, und stellte sich schon den Triumph über dessen Ungläubigkeit, in Bezug auf Hippolyte's Gabe, angenehm zu erscheinen, vor, wenn er ihm verschiedene billets=doux von Leonie's eigener Hand zeigte.

hat er in einer Note die Französische Uebersetzung des Briefes hingesetzt, wie nämlich Monsieur Hippolyte spä=terhin erklärte, daß der Sinn und Inhalt gemeint sey.

„Nuit et jour, matin et soir, mes pensées sont à toi. Dans l'Eglise ou à la promenade, dans les mystères du sommeil ou en plein jour, c'est toi, mon cher, qui es de-vant mes yeux, la tête toujours inclinée auprès de l'autel où je brûle de t'être unie, sans même la cérémonie de t'être accordée par mes parens. Crois-moi jusqu'à la mort ta très-affectionnée   Léonie."

Mon cousin Alfred fait le jaloux; mais je te promets de me marier avec toi aussitôt que mes voeux seront expirés.

6 *

Diese mußten nämlich, da sie in einer fremden
Sprache geschrieben waren, doch deutlich beweisen,
daß es hier auf Geheimhalten abgesehen sey, und
konnten unmöglich etwas anderes als Liebesbe-
kenntnisse seyn. Aber er kannte Faussecopie's
Muthwillen allzugut, als daß er es nicht für nöthig geachtet hätte, noch einige Zeit zu warten,
bis seine Schülerin mehr Kenntniß von der
Sprache erlangt, in welcher sie ihm geschrieben
haben sollte. So sah sich der Arme genöthigt,
seine Absicht in petto zu behalten, bis es so
weit kam, daß er sie beinahe ganz aufgeben mußte

Leonie, die jetzt Tag und Nacht bei den
neuen Studien war, welche für ihren romantischen Geist den weiten sie von Eduard Mowbray trennenden Ocean zu verengen schienen,
faßte dann und wann ein Wort oder eine
Phrase in den ihr dictirten Briefen auf, die
ihr denn sehr zweifelhaften Sinnes dünkten.
Zwar verhinderte ihr eigenes falsches Buchsta-
biren nach Hippolyte's unrichtiger Aussprache,
daß sie im Lexicon die meisten Worte wieder-
fand, aber dafür schien es ihr doch thöricht, daß

er von Tage zu Tage die Uebersetzung dieser
Zettel verschob, und dieselben, wie sie wohl bemerkte, jedesmal mit großer Sorgfalt aufbe-
wahrte und in Briefform zusammen legte. Sie
sprach mit ihm darüber, erhielt aber zuerst aus-
weichende Antworten, nämlich: daß sie noch nicht
so weit sei, die Gründe dieser besondern Gattung seiner Lehrmethode zu begreifen. Ein Ausdruck jedoch, den er ihr, ungefähr vierzehn Tage
nach dem Anfange ihres Unterrichts, in die Feder dictirte, trug so offenbar einen bestimmt ört-
lichen und verliebten Sinn, daß sie sich zu seiner großen Verwirrung ihn niederzuschreiben
weigerte. Davon Vortheil ziehend, forderte sie
bestimmt, er solle am folgenden Tage die ganze
Sammlung der Exercitien herbeischaffen, damit
sie dieselben prüfen und mit ihnen den Anfang
in ihren Uebersetzungsübungen machen könne,
wenn dies überhaupt je geschehen solle. De
Choufleur erholte sich; den ganzen Abend sann
er darüber nach und brachte am nächsten Morgen sein Bündel, das, wie sie glaubte, diese
wichtigen Documente insgesammt enthielt. Von

den Worten der zuerst geschriebenen hatte sie
nicht die geringste Erinnerung, und wußte auch
nicht, wie viel es wol seyn könnten. So
nahm sie das Päckchen vom Tische, wohin es
Monsieur De Choufleur hingelegt, schleuderte
es in's Feuer und sah es im Augenblick zu
Asche verbrannt. Ihr Vergnügen darüber war
nicht unähnlich dem des guten Hippolyte, denn
ihm war etwas besorgt zu Muthe geworden,
und er hatte schon den Plan gefaßt, die Exercitien in Leonie's Gegenwart selbst zu verbrennen,
nachdem er zuvor die beiden zärtlichen Briefe,
die ich bereits für den Leser copirt habe, in seinem erwähnten Schatzkästlein ganz unten unter
seinem Haarschatz verborgen hatte.

Kaum konnte er seine Freude verbergen,
als er Leonie's eigene schöne Hand ihn von der
Unruhe über die jetzt verzehrten oder noch
existirenden Briefe befreien sah; und er vermochte es nicht einmal, etwas von böser Laune
zu affectiren. Leonie war herzlich froh darüber,
denn sie dachte, was sie gethan, müsse für ihn
beleidigend seyn, und sein ruhiges Benehmen

flößte ihr neue Achtung für seinen Charak‑
ter ein.

Sechstes Kapitel.

Sehr bedeutende Ereignisse sollten jetzt über
das Schicksal unserer Heldin und ihrer Freunde,
oder, wie sie selbst sie wirklich nannte und
wir sie wohl nennen‘ möchten, ihrer Eltern,
hereinbrechen. Plötzliche Uebergänge von Reich‑
thum zu Armuth, von mächtigem Einfluß zu
gänzlicher Unbedeutenheit, von dem was die
Welt Ansehn und Achtung, zu dem was sie
Ungnade nennt, fallen zu häufig vor, als daß
man sich darüber, selbst in einem Roman, ver‑
wundern sollte. Man staune daher auch nicht,
daß ein dergleichen Unfall die Familie betraf,
in deren Kreis ich meinen Leser, lange ehe ich
selbst einen Fuß über die Schwelle ihres Hau‑
ses setzte, eingeführt habe. Ich kannte sie nie
in ihrem Glücke, und doch trauerte ich herzlich

bei der Erzählung ihres Unglücks und des traurigen Unfalls, aus dem sie entsprang.

Es war an einem schönen klaren Morgen, im Monat März 1811, als Herr Suberville in Rouen die Anweisung auf eine große Partie roher Baumwolle zum Gebrauch für seine Manufactur erhielt. Herrn Mowbray's Brief, der die näheren Bestimmungen enthielt und der die Ankunft hätte voraus ankündigen sollen, war durch einen Zufall verzögert worden, und daher konnten auch nicht die nöthigen Vorbereitungen zur Aufnahme der Wolle in den wenigen Tagen getroffen worden, welche zwischen der Landung des Schiffes und der Ausladung zu Rouen verstrichen. Herr Suberville war deshalb genöthigt, die Ballen und Pakete wo es irgend ging in seiner Factorei und seinen Waarenhäusern, ja sogar in den Corridoren und Zimmern seines eigenen Wohngebäudes, unterzubringen. Unter diesem Geschäft verstrich der größere Theil des Tages, und obgleich der unermüdliche Eigenthümer fast die ganze Nacht wachte, um gegen Unglücksfälle auf der Acht zu seyn,

so konnte er doch nicht überall seyn, und nicht die
Nachlässigkeit der Anderen verhüten. Ein ermü-
deter, achtloser Arbeitsmann ließ ein brennendes
Licht in einer gefährlichen Lage stehen. Die
Familie ging, nachdem sie ihrer Meinung nach
alles Mögliche zur Sicherheit gethan, zu Bette.
Die Flammen brachen aus; sie vereitelten alle
Anstrengungen der Nachbarschaft, sie wieder zu
ersticken. Versicherungsanstalten gegen Feuers-
gefahr waren damals in Frankreich unbekannt,
und am nächsten Morgen waren Herr Suberville, seine Frau, seine Familie, ohne Haus, ohne
Factorei, ohne Vermögen — gänzlich ruinirt.

Gänzlicher Ruin muß jedoch, wie alle Phra-
sen, die auf einen frühern Zustand Bezug nehmen, auf das ehemalige Glück der Familie bezogen werden, bedeutet demnach hier nur einen
relativen Ruin. Monsieur Suberville war deshalb noch nicht an den Bettelstab gebracht, denn
als er seine Bücher überschlug, was bei seiner
ruhigen Gemüthsart selbst unter diesen Umständen mit Sicherheit und Genauigkeit sehr
bald geschehen war, fand er, daß die Erspar-

niſſe ſo langer Jahre alle ſeine Gläubiger be-
friedigen, und ihm überdies noch ein kleines Ca-
pital übrig laſſen würden, welches jährlich an hundert Pfund (2400 Fr.) Zinſen abwürfe. Sein
Hauptreichthum, der in der Factorei und dem
Maſchinenweſen beſtand, nebſt ſeinem koſtbaren
Hauſe und deſſen Inhalt, war unwiederbring-
lich verloren.

In dem Obdach, welches ſein nächſter Nachbar ihm und ſeiner Familie eingeräumt, und
ſogar ſchon im Angeſicht der ſchwarzen, noch
dampfenden Mauern der Factorei, wo er einſt
ſein Glück ſich geſchaffen, und des Wohnhau-
ſes, welches ihn ſo lange freundlich beherbergt
hatte, dort ſogar ſchon ordnete er Alles an, und
das mit einer unglaublichen Faſſung und Ruhe.
Er ertrug den grauſamen Schlag mit der Erge-
bung, welche immer für Philoſophie gilt, die aber
nicht immer dieſes hohen Beinamens würdig
iſt. Es gibt aber eine gewiſſe körperliche Ruhe
der Gefühle, welche, wenn ſie auch nicht in of-
fenbare Stagnation ausartet, bei einigen Leuten
ihr doch ſehr nahe kommt. Ein unter den farb-

losen unfruchtbaren Höhen commercieller Berech-
nungen begrabener Geist kann mit einem See verglichen werden, der rund eingeschlossen in einem
Kessel hoher Berge liegt, die zugleich ihn schüz-
zen und zugleich ihre Schatten auf seine Oberfläche werfen. Um den Einen stürmen und rauschen die Gemüthsbewegungen, um den Andern
die Winde; beide aber bleiben unbewegt.

Diese Ausnahmen von dem allgemeinen Laufe
der menschlichen Ereignisse und der Natur sind
an sich :. a so selten, als unliebenswürdig; und
wir sehen selten bei uns oder auf unseren Reisen
ein Gemüth oder einen See, der so gänzlich iso-
lirt sich befände, daß nicht irgendwo eine Oeffnung zu finden wäre, durch welche das bewegte
Leben oder die Lüfte des Himmels eindrängen.
Die Oeffnung bei Monsieur Suberville wurde
durch seine Zuneigung für Leonie gebildet, denn
er liebte diese angenommene Tochter, als wäre
sie sein eigenes Kind. Außer dieser Neigung
gab es aber nichts, was ihm an's Herz gegangen wäre. Er war ein Mann von unbeugsa-
mer Rechtlichkeit, von strengem Sinn für Ehre,

ein Vertheidiger des Anstandes und der Sitte,
aber ihm fehlte durchaus was man ein sanftes
Gemüth nennt. Lange liebte er seinen Bruder
— so gut wie jeden andern Mann; und als sie
in Zwist geriethen, war er mit ihm eben so ge-
spannt wie mit einem Fremden. Er hatte manche
Freunde, aber keine einzige Freundschaft. Für
Wärme, Enthusiasmus, für Ueberschwänk-
lichkeit, wie sie in der Welt erscheint, fehlte
ihm durchaus der Sinn. Er hatte häufig Wohlthaten erwiesen, aber niemals dadurch ein Gefühl der Dankbarkeit erregt. Wenn er den
warmen Becher der Gastlichkeit seinen Gästen
hinreichte, konnte er sicher seyn, ihn sogleich
wieder mit Eis zu kühlen. Wenn er Geld aus-
lieh, geschah es mit einer kalten Miene. Wenn
er es abschlug, wurde die abschlägige Antwort
durch keinen Ausdruck des Kummers gemildert.
Wurde eine Schuld bezahlt, steckte er das Geld
in seine Tasche. Ging sie verloren, schlug er sich
die Sache aus dem Sinn.

Ein solcher Mann kann niemals allgemeine
Theilnahme erwecken, wol aber keine geringe

Achtung. Rechtlichkeit und eine gesunde Urtheils-
kraft sind so schätzenswerthe Eigenschaften, daß
die Welt zu ihren Gunsten manche der Män-
gel übersieht, die man gewöhnlich Gefühle des
Herzens nennt, und was ihren Eigenthümern
widerfährt, als besondere Ungerechtigkeiten des
Schicksals betrachtet, während Manche ihr Mitleid solchen Duldern schenken, als wollten sie
durch dieses Opfer das Uebel von sich selbst ab-
wenden. Hierin mochte, wenigstens zum größern Theile, der Grund liegen, daß am zweiten
Tage nach dem verhängnißvollen Brande eine
Deputation der ersten Kaufleute von Rouen,
und darunter auch viele von Monsieur Suberville's Gläubigern, herauskamen, und ihm eine
Geldunterstützung zu jedem Belange, ja wenn
es auch bis zur ganzen Höhe seines Verlustes
und um ihn vollständig wieder einzurichten wäre,
anboten. Ein so hoher Beweis von Achtung
machte ihn betroffen, konnte ihn aber nicht rüh-
ren, und mit Ruhe lehnte er das Anerbieten ab,
weil sein Alter ihn unfähig mache, den ganzen
Handel noch einmal von vorne anzufangen, und

die Laſt einer ſo großen Verpflichtung auf ſeinen
Schultern zu tragen.

Während Leonie, die bei dieſem Auftritt zu-
gegen war, über Herrn Suberville's Benehmen
nachſann, erbrach er das Siegel eines ihm eben
übergebenen Briefes. „Ah,“ rief er, den Inhalt überfliegend, und ihn auf den Tiſch wer-
fend, „das iſt zu ſpät!“ Leonie ſah drauf hin,
und erkannte, daß er von Herrn Mowbray ſey.
Eine Anwandlung der Luſt überkam ſie; ihr Herz,
noch kurz vorher ſo leer und öde, pochte. Sie
bat um Erlaubniß, den Brief zu leſen. Herr
Suberville nickte ſchweigend dazu, und ſie las
die Nachſchrift:

Je pense toujours à ma chère petite Léonie,
et j'espère de faire sa connoissance un jour.
Edward Mowbray.

„Ach, lieber Papa!“ rief Leonie, indem ſich
ihre Augen noch einmal mit Thränen füllten,
und ihre Wangen vor Freude rötheten, „hier
iſt ein Freund, der Sie, wie es auch kommen
mag, lieben, der mit uns fühlen wird. Ich
rede nicht von Eduard — an ihn dachte ich gar

nicht — ich meine Herrn Mowbray — Sie meinen doch nicht, daß ich an den Sohn gedacht?"

Wie könntest Du das auch, mein Kind, da er ja auch Dich nicht kennt? Du legst mir da etwas unter, woran ich nicht würde gedacht haben; — sieh' Dich daher in Zukunft vor, mein liebes Kind, und denke immer zuvor ehe Du sprichst.

„Das thue ich auch, Papa; und ich denke und will nur sagen, daß Herr Mowbray Ihnen sehr bald wie ein recht warmer, edler Freund schreiben, und Ihnen dieselben gütigen Anträge machen wird, wie die Kaufleute aus Rouen, aber auf eine Art, die noch weit mehr seine Zuneigung für Sie beweisen wird."

Wir wollen sehen, war die Antwort; und Leonie entfernte sich, um Madame Suberville aufzusuchen, welche seit dem Brande das Bette gehütet, aber nie von Doctor Glautte während der Zeit war verlassen worden, und, indem sie dadurch täglich schlimmer wurde, die innige Verbindung zwischen Ursach und Wirkung bewies. Herr Suberville setzte sich sogleich nieder, um

Herrn Mowbray zu antworten, und eine neue Bestellung, die er erst vor Kurzem auf eine frische Hülfs-Sendung von Baumwolle gemacht, zurückzunehmen, und zugleich, indem er die Bezahlung der Rechnungen für die letzte unglückliche Uebersendung ankündigte, ihm sein Mißgeschick, welches die Ursache war, zu melden.

Darauf schrieb er amtlich an die Regierung, indem er mit kurzen Worten die Veränderung seiner Umstände meldete, und demgemäß bat, daß man ihm erlauben möge, sein Amt als Maire niederzulegen zu Gunsten eines Andern, der mehr geeignet sey, es jetzt mit der nöthigen Würde zu verwalten. Als auch dies abgemacht, ging er in das Zimmer seiner Frau, nahm Glautte bei Seite, kündete ihm, als seinem Amtsgehülfen, den eben gethanen Schritt an, und ging dann früh in's Bureau, einige Papiere zu signiren, und nachzusehen, ob auch Faussecopie von der Lage der Dinge keinen Vortheil zu irgend einem schlechten Streiche ziehe. Als er das Bureau wieder verließ, seine letzten Anordnungen behufs einer neuen Wohnung und was künftig zu thun

ſey, zu treffen, ſtieß er auf Glautte, der, weniger
langſam als gewöhnlich, dem Orte zuſchritt, den
er eben verlaſſen. Ihm kam dies etwas ſeltſam
vor, mehr aber noch das Weſen des Doctors, worin
ein Gemiſch von Geſchäftigkeit und Nachdenken
lag. Dieſes letztere war ſo vorherrſchend, daß
er bei Herrn Suberville in der engen Dorfſtraße
vorüber ging, ohne ihn zu ſehen, und gerade in
das Haus hineintrat, wo das Bureau gehalten
wurde, ohne nur einmal, nach ſeiner Gewohnheit, mit ſeinem Rohre wie mit einer Mörſer-
keule auf den Boden zu ſtampfen, eine Bewegung, die zugleich amtlich und profeſſionsmäßig
ſeine Ankunft verkünden ſollte.

Während Herr Suberville auf ſeine Inte-
.ims Wohnung zuſchritt, betrat Glautte das
kleine Zimmer, wo Fauſſecopie im Schreiben begriffen war. Sorgfältig verſchloß er die Thür,
ſtellte ſein Rohr in einen Winkel, ſetzte ſich darauf ſelbſt nieder, uud, nachdem er eine Priſe
Tabak genommen und herablaſſend die Doſe
dem pfiffigen Schreiber dargereicht, benachrichtigte
er dieſen in halbem Flüſtern, daß Herr Suber-

v.   7

ville sein Amt niederlege. Bei Fauſſecopie erregte
dies nicht geringes Erſtaunen, und keine kleine
Freude, denn des Maire's unwandelbare Recht=
lichkeit und raſtloſe Energie hatte ſchon lange
ſchwer auf ſeiner Denkungsart gelaſtet, die nun
einmal von Natur ſich zur Veruntreuung neigte.
Glautte verſicherte ihn, wie er glaube, daß Herr
Benoiſt, Herrn Suberville's Nachbar, zu ſeinem
Nachfolger dürfte beſtimmt werden, und ſeine
Abſicht war nun keine andere, als mit dem
Freunde François zu verabreden, wie man wol
am beſten den genannten Ehrenmann dahin brin=
gen könne, daß er ihn in ſeinem Amte als Ad=
juncten belaſſe.

Fauſſecopie überſah mit gewohntem Scharf=
blick ſogleich alle Vortheile, welche ſich aus dem
gegenwärtigen Zuſtande ziehen ließen. Es gab
wohl keinen Mann, der beſſer zu einem Inſtru=
ment in den Händen eines ſolchen Schurken ge=
eignet geweſen wäre, als unſer Freund Doctor
Glautte. Fauſſecopie faßte es ſogleich auf, die=
ſer ſelbſt müſſe darauf antragen, zum Nachfol=
ger für Herrn Suberville ernannt zu werden, und

zur Belohnung für diesen Dienst müsse er ihn
zum Adjunct erwählen. In dieser Stelle, wußte
er, daß er ganz der Meister seines Obern seyn
könne, und enthüllte ihm deshalb ohne Zaudern
seinen Vorschlag. Glautte war durchaus flambé
(um hier seine Lieblingsphrase zu gebrauchen)
bei diesem ungeheuren Vorschlage. Sein Ehrgeiz
oder sein Selbstvertrauen war nie so hoch gegangen. Er „hm"te und „ja"te, und räusperte sich
und rollte die Augen, während Faussecopie, unbekümmert um seine Verwirrung, eine Petition an
den Minister des Innern entwarf. Zu der noto-
rischen Lüge, daß Glautte schon Jahrelang die
Pflichten seines Amtes erfüllt habe, fügte er einen
indirecten Fingerzeig auf Herrn Suberville's ge-
genwärtige Unfähigkeit hinzu, eingehüllt in der
Sprache besorgter Theilnahme über seines Freundes Unglück, welches seine Gesundheit sehr an-
gegriffen, und ihm einen Theil der geistigen
Kraft geraubt, durch die er früher sich so her-
vorgethan habe. Die Petition endete mit den
überströmendsten Betheuerungen der Unterwürfig-
keit und Ergebenheit gegen den Kaiser, sein

7 *

Kaiſerlich-Königliches Haus und ſeine Dyna-
ſtie. Fauſſecopie hielt dies dem entſetzten Doctor vor, deſſen Augen auf ihre gewohnte Weiſe,
wenn irgend etwas ihn aus ſeinem herkömmli-
chen Zuſtande des Stumpfſinns aufſchreckte, vor
ſich hin glotzten. Er überlas die Skizze, billigte
ſie, und nahm auf Verlangen ſeines Rathgebers
und auf ſeine möglichſt leſerliche Weiſe, eine
ſchöne Abſchrift davon, die dann ſogleich zur
Poſt getragen, und mit demſelben Courier befördert wurde, welcher Herrn Suberville's Vor-
ſchlag zur Entlaſſung überbrachte. Kaum daß
dieſer erſte Schritt gethan, als auch Glautte
ſich ſchon im Beſitz deſſen glaubte, was der
Schritt erſt bewirken ſollte. Er hielt ſich nun
zweimal ſo ſtattlich als zuvor, ſtampfte zehnmal
ſtärker mit ſeinem Rohr auf den Boden, ſchwenkte
ſeinen goldenen Ohrring weit entſchloſſener vor,
nannte François Fauſſecopie ſeinen beſten Freund
und den Urheber ſeiner Erhebung, und behandelte
ſeinen alten Freund und beſtändigen Wohlthäter
mit gänzlicher Vernachläſſigung. Die unmittelbare Folge von alledem war, daß ſeine vorige

Patientin vollkommen gesund wurde, und sein alter Patron an ihm einen großen Aerger nahm.

Dieses unangenehme Bild einer thörichten Undankbarkeit fand einen schlagenden Gegensatz in De Choufleur's leichtsinniger Uninteressirtheit. Sein erster Drang und Trieb, als er von dem zerstörenden Feuer hörte, während es noch den Morgen nach dessen Ausbruch wüthete, war, aus dem Bette in sein Hemde zu springen und fortzustürzen „so angethan wie er war" nach dem Platze, der, seiner Vorstellung nach, voller Flammen, Geschrei und Leitern und Wasser= eimern seyn müsse, benebst unglücklichen An= strengungen, Ohnmachtsanfällen und — Leonie. Nach einem augenblicklichen Nachdenken warf er sich jedoch hastig in sein braunes Alltagskleid und stürmte nach dem Thale. Als er sich ihm näherte, sah er den mehr und mehr verbleichen= den Anblick der Feuersbrunst bei'm Tageslicht; und dies ist gewiß der Augenblick, solch' einen Auftritt in seinem traurigsten Lichte zu schauen — wenn die glänzenden Feuerstrahlen keinen Hintergrund in der Dunkelheit der Nacht finden,

und nicht mehr die Gegenstände ringsum in phan-
tastischer Wildheit zeigen, wenn nichts als eine
traurige Flammenzunge hinaufleckt in den klaren
Morgen und die verlassenen Mauertrümmer in
nackter Wüstheit dastehen. Der Himmel weiß,
wie Monsieur Hippolyte es betrachtete; was mich
betrifft, so bekenne ich aber, daß ein nächtlicher
Brand für mich immer mehr ein Gegenstand
der Aufregung als des Kummers gewesen, während derselbe Anblick bei Tage mich allemal mit
dem ganzen Eindruck des Jammers und Elen-
des erfüllte.

Der arme De Choufleur war traurig bekümmert, und bekümmert traurig zu erfahren, daß
Leonie bereits entkommen — und, was noch
schlimmer, daß sie ganz ruhig durch die Küchen-
thür zum Hause hinausgegangen sey. „Oh,“
rief er, „hätte sie wenigstens besinnungslos von
einem Gitterfenster herab gehangen an einem Laken
oder Federbette!“ — So unwillig er auch über
die Art ihres Entkommens war, fand er sich
doch noch weit mehr dadurch beleidigt, daß er
gar keine Aussicht hatte, sie zu sehen. Der Herr,

in deſſen Hauſe ſie ein Obdach gefunden, hinderte
jeden Verſuch, ſie oder Madame Suberville zu
ſtören; und was den Gatten betraf, ſo durfte
Hippolyte es niemals wagen, auch in ſeinen ru=
higſten Stunden ſich ihm zu nähern; in einem
Augenblicke wie dieſer, war es folglich ganz un=
möglich. Ihm blieb nichts übrig, als den gan=
zen Tag und die Nacht dazu rings herum zu
ſtreifen, in Schutt und Aſche nach einigen Reli=
quien von Leonie's Eigenthum ſuchend, und er
war überglücklich, als er einen ſilbernen Finger=
hut, eine Nadelbüchſe, einen halbverbrannten
Schuh und ein ſeiden Band (weiß, wie alle ihre
Kleider) fand, die er ſämmtlich mit der Schärfe
des Auges eines Liebenden, als ihr früher ange=
hörig, erkannte. Sorgſam hob er dieſe insge=
ſammt auf, und wickelte ſie in ſein buntes, baum=
wollenes Schnupftuch, um ſie in ſein Käſtchen von
Atlasholz zu legen, worin er alle ſeine Schätze
verbarg. Seine große Sorge um das brennende
Haus, und ſeine häufigen Nachfragen rührten
endlich auch Herrn Suberville, der ihn mitten
in dem Trubel wohl bemerkt hatte.

Als Hippolyte jetzt einen Abschiedsblick auf
die leere Oeffnung warf, welche einst das Fenster
zu Leonie's Zimmer enthielt, und als er sich eben
anschickte, nach vier und zwanzig stündigem Suchen
und Fasten nach Rouen zurückzukehren, redete
ihn Herr Suberville, nachdem er mehrere Minuten sein klägliches Wesen angeblickt, in einem
Tone an, der sich etwas mehr der Herzlichkeit
näherte, als Hippolyte sich entsann, ihn je aus
seinem Munde gehört zu haben. Der kleine
Mann war zu arglos, um, wie es wol ein
mehr in den Welthändeln Bewanderter gethan
hätte, Herrn Suberville's Stimme für den Ton
eines gedemüthigten Geistes zu erklären Hippolyte hörte nur die Stimme von Leonie's Vater, und vergaß in seiner Freude alles Uebrige.
Eine Einladung einzutreten und zu frühstücken,
benahm ihm seine Eßlust für den Augenblick.
Thränen im Auge nahm er die Einladung an, und
schlug zitternd Herrn Suberville vor, daß er Demoiselle Leonie auch fernerhin unterrichten dürfe,
ohne andere Remuneration als die hohe, hohe,

hohe Glückseligkeit, welche eine solche Verpflich=
tung ihm selbst bringen würde.

Herr Suberville, dem nichts von den zärt=
lichen Gefühlen träumte, die ihn zu einem
so großmüthigen Anerbieten drängten, hielt De
Choufleur die Hand entgegen, welche dieser er=
griff und zwischen den seinigen an's Herz drückte,
während er mit dem Einladenden in's Haus trat.
Als sie das kleine zu Herrn Suberville's Ge=
brauch bestimmte Zimmer erreichten, wo Leonie
bereits beim Kaffeemachen saß, konnte der arme
Hippolyte seine Bewegung nicht länger meistern.
Durch alle Schleusen der Gefühle brach es her=
vor, und, auf die Kniee vor Leonie hinsinkend,
ergriff er ihre Hand, küßte sie mit der Miene
eines Wahnsinnigen, und seufzte, und stammelte,
wie ein eben gezüchtigter Schuljunge. Obgleich
der Auftritt den wahren Gipfel des Lächerlichen
erreichte, konnten doch weder Leonie noch Herr
Suberville es ohne Rührung mit ansehen, frei=
lich nach den verschiedenen Stufen ihrer Empfäng=
lichkeit. Unsere Heldin konnte eben so wenig lächeln
als weinen, aber sie bat Hippolyte aufzustehen,

mit dem Ausdruck herzlicher Dankbarkeit für
seine Theilnahme, während Herr Suberville eine
heiße Tasse café au lait herunterstürzte, und
einen Teller mit ungeheuren Scheiben eines großen saucisson anhäufte, der, wie er glaubte,
eine merkwürdige Aehnlichkeit mit der Fülle von
De Choufleur's Gefühlen habe, und zugleich das
geeignetste Hülfsmittel sey, gegen die Leere seines
Magens. Der begeisterte Hippolyte hatte sich
nie so beglückt, und nie so hungrig gefühlt.
Seine Eßlust und seine Freude schienen Hand
in Hand zurück zu kehren, und mit ihrer Nah-
rung zu wachsen. Er aß und trank und schaute
sich um, und aß und trank wieder, und um Alles
zu krönen, erhielt er die Versicherung, seine Lehrstunden bei Leonie fortsetzen zu dürfen, wenn
auch nicht ganz genau nach den von ihm selbst
gesetzten Bedingungen.

Siebentes Kapitel.

Die Vorbereitungen zum Wohnungstausch von Seiten Herrn Suberville's waren sehr bald vollendet. Er miethete ein großes, lange öde stehendes Haus, welches mit seinem kleinen Park, Wiesen und Aeckereien den Namen Le Vallon führte, und ungefähr eine Viertelmeile von dem Dorfe entfernt lag, dessen Nachbar er gewesen. Dieses Haus, welches früher die Residenz eines emigrirten Edelmanns gewesen, und zum Theil in Trümmern lag, wurde für einen kaum des Namens werthen Zins gemiethet. Einige Zimmer befanden sich aber doch in recht gutem Zustande, so daß es für die Bedürfnisse seiner neuen Besitzer vollkommen geeignet war. Ein Französisches Landhaus zu meubliren, kostet seinem Eigenthümer, wenn er auch in den besten Umständen ist, nicht viel; in denen unseres Herrn Suberville kostete es ihm aber wenig oder gar nichts. Ein Paar rohgearbeitete Kirschbaumstühle, einige Nußbaumtische, Bettstellen von

demselben Stoffe, mit den anderen geringeren
Geräthschaften, meist von roher Arbeit, alle in
Rouen vom Trödler erstanden, — und die Ein-
richtung war fertig. Die weiten und hohen Ge-
mächer, so dürftig und gering meublirt, waren
eben nicht behaglich, und wurden es noch weniger durch die Spuren früherer Größe, in den
vergoldeten Fensterpaneelen, dem prächtigen Täfel-
werk und den marmornen Gesimsen. An manchen Stellen waren die Wände feucht geworden,
und die reichen Tapeten hingen zerrissen hier und
dort herab. An anderen Stellen sah man, wo
Gemählde gehangen, und dann wieder große
weiße Räume, welche einst von mächtigen Wand-
spiegeln bedeckt waren. Nackend starrten diese
leeren Flecke dem gewöhnlichen Beobachter entgegen, und sprachen eine vernehmliche Sprache zum
Moralisten.

Ein unbehaglicher Gegensatz zu der traulich
warmen Behaglichkeit, welche in dem Hause vor-
geherrscht, das Herr Suberville in seinen besten
Jahren, und Leonie seit sie denken konnte, bewohnt hatten. Doch waren Beide, obgleich im

Charakter so sehr verschieden, sehr bald mit die=
sem Wechsel versöhnt; er durch sein Phlegma,
sie durch ihre romantische Neigung. Er war
eine Art von Fatalist, — sie fast durchaus En=
thusiastin. Daß es ein Schicksal war, genügte
ih m; daß es ein Wechsel war, söhnte s i e voll=
kommen damit aus. Während sie sich aber eher
freuten, oder mindestens bei dieser Aenderung
nicht litten, sorgten sie doch vor allem dafür, daß
Diejenige, für die es hätte schrecklich ausfallen
müssen, so wenig wie möglich von der Ausdeh=
nung als von dem Ursprunge ihres Unglücks er=
fuhr. Die arme Madame Suberville erhielt
einen furchtbaren Schreck bei'm ersten Anblick des
Feuers, und hätte sie alle Folgen zugleich gewußt,
hätte er tödtlich wirken können. Aber Alle um
sie her sorgten dafür, daß sie nur einen Theil des
Unglücks erfuhr; und als man sie behutsam von
dem Hause, wo sie zuerst ein Obdach gefunden,
zu ihrer neuen, eben beschriebenen Residenz führte,
bemerkte sie keine Veränderung, welche zu deut=
lich hätte sprechen können. Sie wurde in das
Zimmer geführt, welches von ihrem Gatten und

Leonie für sie ausgesucht worden, und dort traf
sie fast Alles wieder von dem, woran sie im Leben gewohnt war.

So fand sich die nervenschwache Frau bald
wieder heimlich und zuhause. Wenn sie sich in ihrem Zimmer und ihrem Cabinet umsah, und
Herrn Suberville's ruhiges, so wie Leonie's zu-
friedenes Gesicht erblickte, so war dies eine Versicherung des Glückes, welche schneller zu ihrer
Wiederherstellung wirkte, als Glautte's Vorschrif-
ten sie in ihrer Kränklichkeit befördert hätten. De
Chouslenr fing wieder seine täglichen Besuche bei
seiner Schülerin an, bei der er, so gut wie bei
ihrem Pfleger, einen Stein im Brette gewonnen
hatte; und er empfing regelmäßig, trotz seines
Sträubens und seiner Proteste, dasselbe Honorar
für seine Besuche wie von Anfang an.

So hatte Alles seinen ruhigen Fortgang, indem Herr Suberville die Pflichten eines Maire
noch immer genau erfüllte, da er von dem Minister mit derselben Post, durch welche er seine Re-
signation eingereicht, den Befehl zurückerhalten,
in seinem Dienste zu verharren, bis von der Re-

gierung gehörige Beschlüsse darauf gefaßt werden könnten. Diesen Bescheid machte er Glautte durch einen officiellen Brief bekannt, indem er auf seine gewohnte kalte und bestimmte Weise sich entschlossen, nie mehr im geringsten mit dem stumpfsinnigen Doctor und falschen Freunde zu verkehren, obwol er nur von seiner Treulosigkeit, und nicht von seinem offenbaren Verrathe Kenntniß hatte.

Ein großer Theil der Nachbarn unterließ nicht, der Familie Suberville die frühere Aufmerksamkeit zu erweisen; aber unter den Wenigen, welche nach der ersten und letzten Condolenz-Visite selbst mit ihren Anfragen aufhörten, war seine Schwägerin, des Capitains Wittwe und Alfred's Mutter. Ganz mit einem Male fand sie unübersteigliche Schwierigkeiten in der Entfernung zwischen Rouen und dem Thale — hatte fortwährende Kopfschmerzen, Zahnschmerzen, nervöse Zufälle, und, was noch schlimmer war, sie that Alles, was sie konnte, auch ihren Sohn mit einem dieser physischen Uebel anzustecken. Aber dieser war ein grundehrlicher Bursch und verachtete all' dies

Wesen. Grade heraus hatte er ihr seinen Entschluß gesagt, niemals seine Tante und seinen
Onkel vernachläſſigen, und nie in der Liebe zu
seiner Couſine Leonie aufhören zu wollen. Seine
Mutter hatte zum erſten Mal in ihrem Leben etwas dagegen, daß er ſie Couſine nenne; aber ſie
fuhr vor Schrecken zurück, als ſie ihn zum erſten Male in seinem Leben fragen hörte: „was
ſie denken würde, wenn er ſie ſein Weib nennen
wollte?" Sie kannte ihn als einen ſtörrigen,
eigenſinnigen Burſchen, und da ſie ein ſchlaues
Weib war, lächelte ſie, küßte ihn und ſagte ihm,
er ſolle ganz nach ſeinen eigenen Gedanken handeln. Demnach kam er öfter als je in's Thal,
und wurde ſo herzlich wie immer aufgenommen.

Es waren jetzt vierzehn Tage ſeit dem Brande
verstrichen. Noch zwei Tage, und Leonie hatte
ihr funfzehntes Jahr vollendet, und war damit,
wie meine Leſer ſich erinnern werden, an der
Gränze jenes Gelübdes, welches ſie der Jungfrau und einer weißen Tracht widmete. Vor
einem Monat wäre die Befreiung von dieſen
Verpflichtungen für ſie ein Gegenſtand von In-

tereſſe geweſen. Sie blickte darauf, wie auf
eine neue Epoche in ihrem Leben — wie auf
ihren Eintritt in die Welt und ihre Theilnahme
an allen Freuden derſelben. Bälle, Theater,
Concerte, von denen ſie bisher verbannt war,
miſchten ſich in bunter Verwirrung vor ihrer
Phantaſie, und ihr Kopf war angefüllt mit einer
Garderobe von ſo vielen Farben als die des
Prisma, und von einem Rudel von Luſtbarkeiten,
glänzend wie die Sonnenſtrahlen und rauſchend
wie die Winde. Aber der Brand, welcher Herrn
Suberville's ganzen Reichthum verzehrt hatte,
ſchien auch Leonie's Gedanken über dieſen Gegenſtand eine ganz andere Richtung gegeben zu haben.
Als die Zeit herankam, hatte ſie ein eigenes ban-
ges Gefühl, ſie weinte und ſeufzte, wußte nicht
warum, und wünſchte den Moment verzögert, ohne
den Grund angeben zu können. Abgeſchieden,
wie ſie bisher von der Welt geweſen, zitterte ſie
bei dem Gedanken, ſich ihrem weiten Kreiſe zu
nähern; und ſie fühlte wie ein Vogel, der, geboren und ernährt in einem Käfig, ein verlan-
gendes Auge auf die offenen Flüge der Freiheit

v.   8

zu werfen scheint, und doch wie voll Bangigkeit
auf der Schwelle seines Käfigs flattert.

Auch Madame Suberville begann sehr un-
ruhig bei dieser Gelegenheit zu werden. Eine
außerordentliche Devotion beherrschte einmal ihren
Geist, daß sie bei allem und jedem, was um
sie vorging, eine Art Zusammenhang mit übernatürlichen Verbündeten und abergläubischen Ge-
bräuchen gewahrte, und ihre Verehrung für die
Jungfrau selbst war fast geringer als die, welche
sie für ihre speciellere Patronin Ursula hegte.
Sie hatte deshalb ohne Anstand den Glauben
angenommen, daß das unglückliche Feuer mit Leonie's bevorstehender Lossprechung von ihrem Kin-
desgelübde in naher Verbindung stehe, nicht als
Bestrafung für einen von ihr oder ihren Eltern be-
gangenen Fehler, sondern als eine geheimnißvolle
Warnung gegen die Uebel, welche ihr bei'm Eintritt in das Leben drohten. Voll von diesem
Gedanken, und indem sie zugleich etwas ver-
nünftiger an den veränderten Zustand in Leonie's
unmittelbaren Aussichten dachte (wiewohl ihr der
große Wechsel ganz unbekannt geblieben), hatte

sie den brennenden Wunsch schon lange genährt,
ihr Gatte und ihre angenommene Tochter möch=
ten mit ihr darin übereinstimmen, daß letztere
ihr Gelübde feierlich auf fünf Jahre nachträg=
lich erneuere; indem sie dadurch sich selbst den
unmittelbaren göttlichen Beistand sichere und zu=
gleich einen Gegenzauber, um uns so auszudrük=
ken, gegen die Gefahren hervorbringe, welche
die schon da gewesenen nach aller Wahrschein=
lichkeit noch nachträglich herbeiziehen müßten.

Es ist nicht nöthig, bei den Mitteln zu ver=
weilen, durch welche sie ihren Ehemann zu gewin=
nen suchte. Genug, daß er in dem vernünftigen
Theile ihres Argumentirens ganz mit ihr über=
einstimmte, und sie sogar mit Gründen, die
sein eigener klarer Verstand ihm eingab, unter=
stützte. Leonie nahm den Vorschlag mit Ent=
zücken an, und am selben Morgen, wo sie be=
freit werden sollte, erneute sie ihr Gelübde in
der benachbarten Kirche.

Sie wurde von Herrn Suberville und ei=
ner Freundin begleitet, die während der kur=
zen und einfachen Ceremonie die Stelle ihrer

8*

Mutter vertrat, und als sie nach Hause zurück=
kehrte, frohen Herzens und lustigen Sinnes,
weinte Madame Suberville indem sie ihr den
Segen ertheilte, und sagte, sie fühle sich versi=
chert, daß ihr für diese fromme und tugendhafte
Handlung das Glück nicht entgehen könne.

An demselben Morgen brachte der Courier
einen Brief mit des Ministers Siegel an Herrn
Suberville, während er noch in seinem Dienst
auf der Mairie war. Bei der Eröffnung las er,
statt, wie er erwartet, die Bestätigung seiner
Amtsniederlegung zu finden, den Befehl, in sei=
nem Amte als Maire zu verharren; beigefügt
war, als Zeichen der Zufriedenheit seines Kai=
sers, seine Ernennung zum Mitglied der Ehren=
legion, die Ankündigung einer Pension von drei=
tausend Franken jährlich, und eine Copie von
Doctor Glautte's Eingabe.

Herr Suberville überlas den Brief zweimal.
Er war durchaus mit seinem Inhalt zufrieden,
denn er wußte den Werth solcher Emolumente
und Auszeichnungen in diesem Augenblicke wohl
zu schätzen. Er händigte Faussecopie das Schrei=

ben ein, mit dem Befehl, es in die Dienstregi-
ster einzutragen, und während der erstaunte aber
schnell sich fassende Schreiber mit Verwunderung
das Schreiben überflog, öffnete Herr Suberville
ruhig das Paket, welches die Insignien des Or-
dens enthielt, und das ihm vom Departements-
Präfecten, begleitet von einem schmeichelhaften
Glückwunschschreiben, war übersandt worden.
Ruhig befestigte er jetzt das Band an sein Knopfloch, nicht aus Eitelkeit, sondern aus Achtung
für die Autorität, die ihn mit dieser Auszeichnung beehrte, und während er mit gewöhnlicher
Kaltblütigkeit an seinem Tische im innern Bureau saß, trat Glautte (der davon im Postamte
gehört, daß Schreiben für den Maire und ihn
selbst, und dazu ein Paket vom Präfecten mit
den Siegeln des Bureaus der Ehrenlegion angekommen seyen) keuchend in das Vorzimmer,
athemlos von Eil und Angst, indem ein bleicher
Anstrich über das dunkelrothe Gesicht gefahren
war. „Platz da, Platz da!" rief er, einige
Bittsteller um Gerechtigkeit, oder Prozeßsüchtige,
an denen es nie in einem Magistratsbureau der

Normandie fehlt, rechts und links bei Seite
chiebend. An Fauſſecopie's Tiſch angelangt, war
er über die kalte Miene, mit der ſein Buſen=
freund ihn einen Augenblick an= und dann ſo=
gleich wieder auf's Papier niederſah, das er zu
copiren ſchien, nicht wenig verwundert. „Was,
Monſieur Fauſſecopie," rief er im befehlenden
Tone, „Sie ſcheinen vergeſſen zu haben, wer
ich bin!"

Nein, nein, mein guter Doctor, antwor=
tete François: Sie ſind, glaube ich, nichts
mehr und nichts weniger, als was Sie geſtern
waren.

„Das wollen wir ſehen," rief Glautte, in=
dem er den Brief mit folgender Adreſſe ergriff:

„An

den Herrn Doctor Glautte,

in der Mairie der Drei=Dörfer."

Glautte war der Meinung, dieſe unförmliche
Adreſſe bedeute nur, daß er durch ein vorläufi=
ges Schreiben von ſeiner Erhebung zum Maire
und zum Ritter der Ehrenlegion ſolle benachrich=
tigt werden; denn daß er die erſtere Würde erhal=

ten müsse, schien ihm unzweifelhaft, und aller Wahrscheinlichkeit nach konnte ihm auch die zweite nicht entgehen; daher stand er wie auf Kohlen. Er riß den Brief auf und las folgendes Schreiben desselben Ministers, welcher an Herrn Suberville geschrieben hatte:

Mein Herr!

Ihre Petition habe ich erhalten, und in Erwiederung darauf habe ich Sie zu benachrichtigen, daß von heute an Seine Majestät, der Kaiser, Sie Ihrer Dienste als Adjunct des Maire Suberville enthebt.

Ich bin

x. x. x.

Soll ich es näher schildern, wie der Doctor in einen Stuhl sank, die Augen auf das verhängnißvolle Papier geheftet? Oder das boshafte Grinsen in Faussecopie's teuflischem Gesichte, als er über Glautte's Schultern den Brief las? Oder die staunende Verwunderung der Bauern ringsum, die da glaubten, den Doctor habe der Schlag getroffen? Oder den kalt-verächtlichen Blick, welchen Herr Suberville auf

ihn warf, als er in dem Augenblicke, das Amt-
haus verlaſſend, an ihm vorüberging? Oder
wie den wiedererwachenden Glautte das Schrek-
ken ergriff, als er das Ehrenzeichen mit der
deutlichſten Sprache von der Welt aus dem
Knopfloch des Maire herabhangen ſah?

Doch fühle ich mich hier geneigt, mich etwas
umſtändlicher über Napoleons Politik ſowol,
als ſeine Gerechtigkeit (welche in dieſem Falle
vielleicht gleichbedeutend ſeyn mögen) auszulaſſen,
wie über das daraus entſpringende Factum, daß,
während er Frankreich mit eiſerner Hand re-
gierte, er es doch verſtand, dieſe in einen Sammt-
handſchuh zu verſtecken. Es war grade in dieſer
Periode, daß ſeine Plane gegen den Engliſchen
Handel anfingen ausführbarer zu werden, daß
demnächſt Alles, was den Franzöſiſchen Manufac-
turen Muth machen, oder ihnen Ehre bringen
konnte, ein Gegenſtand von der äußerſten Wichtigkeit geworden; und jetzt war grade der Moment gekommen, wo er in ſeinen Plänen nach
gigantiſcher Vergrößerung einen Ruheplatz für
den Hebel ſuchte, mit welchem er, wie Archime-

des die physische, so die moralische Welt aus ihren
Angeln heben könne. Diesen Ruhepunct glaubte
Napoleon in der enthusiastischen Zuneigung seines Volkes zu besitzen; aber während er dahin
arbeitete, ihn fest zu begründen, fand er, daß
das Uebergewicht seines Ruhmes, statt als Stütze
zu dienen, das Fundament selbst zerdrückt habe.
Gleichwol, in Folge seines Systemes, hatte er die
genausten Nachforschungen nach Herrn Suberville's Verhältnissen und seinem Charakter angestellt;
indem er nun dessen Anstrengungen nach Ver-
dienst belohnte, sicherte er seiner Sache einen
treuen und festen Anhänger.

Von solchen Betrachtungen muß ich jedoch zu
den geringen Wirkungen übergehen, welche der
Vorfall auf Doctor Glautte gemacht. Er war,
dieses muß man im Voraus wissen, immer ein
eifriger Verehrer Napoleons gewesen, und hatte
die untergegangene Dynastie von Grund der
Seele gehaßt. In den frühen Tagen der
Republik war er ein vollkommener Römer aus
den besseren Zeiten Roms geworden. Als Ge-
neral Buonaparte Kaiser wurde, ward der

Citoyen Glautte ein Aristokrat, und als Jener
von der Größe zum Despotismus überging,
machte der Andere, in parallelem Laufe, den
Uebergang von der Unabhängigkeit zur Sklaverei.
Aber die Dinge hatten sich jetzt gänzlich geändert. Dieser eine ihn treffende Schlag machte
ihn mit einem Male zum eingefleischten Feinde
des mächtigen Heroen, den er zuvor vergöttert;
und der kaiserliche Baum, welcher auf diese
Weise ein harmloses Insect von einem seiner
Zweige abschüttelte, konnte nachher fühlen, als
die Wolkenschauer ihn zur Erde beugten, daß
der Wurm sich wieder daran fest gemacht und
bis ins Herzmark eingefressen hatte.

Als Glautte sich von seinem Sturz erholt,
der durch die eingebildete Größe noch tiefer
wurde, sah er sich nach einer theilnehmenden
Seele um, und suchte sie wenigstens bei seinem
Schuldgenossen Faussecopie. Dieser bewies ihm
aber nur Hohn statt Mitleid, und erwies Herrn
Suberville einen vermehrten Antheil von Achtung und Fleiß, der gewiß angeschlagen hätte,
wäre nur der Gegenstand seiner neuen Vereh-

rung irgend dafür empfänglich gewesen. Faussecopie's höchster und nächster Wunsch war, selbst
den Platz zu erhalten, aus welchem seine Betriebsamkeit den Doctor herausgehoben; aber
diese Hoffnung wurde schnell zerstört. Herr
Suberville kündigte nämlich dem Minister an,
er wolle, da er jetzt den Arbeiten seines frühern
Lebens enthoben sey, die gesammte Zeit den
Pflichten seines Amtes widmen, wodurch dann
der Beistand eines Adjuncts völlig unnöthig
werde. Diese Anordnung fand im Hauptquar-
tier vollen Beifall, und Herr Suberville gewann
auf diese Weise einen kleinen Zuwachs zu seinen
früheren Emolumenten, und war sicher, daß alle
Geschäfte ihren besten Fortgang hatten. Faussecopie, obgleich er wol etwas in seiner devoten
Aufmerksamkeit nachließ, verrichtete doch noch
immer die ihm obliegenden Pflichten so, daß
kein Grund zur Klage übrig blieb, und, um in
der Schiffersprache zu reden, er legte bei, bis
für seine Angelegenheiten die Flut wieder heran-
käme, die, wie er sah, noch nicht die nöthige
Höhe erreicht hatte. Obgleich Glautte seine Stelle

verlor, und mit ihr zugleich einen großen Theil
seiner Kunden, konnte er doch noch immer ver=
möge seiner langen Ersparnisse und frugalen Le=
bensweise, viel zu gut für einen solchen Mann
leben. Er brütete über seine Rache und seine
Ungnade; murmelte Drohungen und Winke, zu
leise, als daß sie ein Echo gefunden und zu un=
bestimmt, als daß sie Jemand auf sich bezogen
hätte. Bei seinen Nachbarn versank er in gänz=
liche Zurücksetzung und Verachtung.

Als Madame Suberville von der Bestätigung
ihres Gatten in dem Amte als Maire, seinem
erhöhten Gehalt und seiner neuen Ehren vernahm,
sank sie auf ihre Kniee und dankte der heiligen
Ursula; sie betheuerte dabei, daß man alles dies
lediglich Leonie's erneuertem, oder vielmehr umge=
modelten Gelübde zu danken habe. Obgleich Leo=
nie dies nun nicht so geradezu glaubte, so konnte
sie sich doch auch nicht des Gedankens entschlagen,
daß dem Himmel die Handlung gar nicht miß=
falle, und sie fühlte sich daher nach dem einmal
gethanen Schritte um so zufriedener. Madame
Suberville die jüngere war darüber so entzückt,

als über den brillanten Aussichten, welche sich
„ihrem Bruder, dem Chevalier" (wie sie ihn von
nun an nannte) eröffneten, indem sie wußte, daß
dieses Gelübde Leonie'en auf fünf Jahre den
Ehestand verschloß, wodurch ihr Alfred von ei=
nem dummen Streiche zurückgehalten wurde, wo=
hingegen des Kaisers augenscheinliche Gunst zu
des Chevaliers weiterer Beförderung führen, und
am Ende eine Heirath mit Leonie zum klügsten
Geschäft machen dürfte, was Alfred je abschließen
könne. Man hätte denken sollen, die Wege wä=
ren plötzlich wieder hergestellt, oder ihre Constitu=
tion völlig geändert, denn wie die Hindernisse sich
früher bei ihren Besuchen häuften, verschwanden
sie jetzt. Bei den Bewohnern des Thales be=
wirkte dies keine Veränderung, und Alfred kam
wie sonst, fest und treu an seinen Verwandten
hangend, den alten und jungen, aber auch nicht
um das Gewicht eines Sonnenstäubchens verlieb=
ter in Leonie als vor allen diesen Vorfallenheiten.

Nicht so Monsieur Hippolyte. Jeder Um=
stand, gut oder böse, jeder Wind, rauh oder
sanft, schien sein Gefühl fester zu machen, und

die fein unglückliches Herz verzehrende Flamme
stärker anzufachen. Leonie war jetzt mit diesen
Ueberschwänklichkeiten vertraut geworden, und
ohne zu wissen, was er eigentlich damit wolle,
machte ihr fein Benehmen viel Spaß. Zu einem
offenen Geständniß feiner Leidenschaft ließ De
Choufleur es niemals kommen; Alfred ließ die
Posse weder aus- noch zu weit gehen. Herr
Suberville fand in Hippolyte einen lebendigen
Substituten an Glautte's Stelle, feinem frühern
Anhänger. Er bildete eine angenehme Schatti-
rung in der großer Einförmigkeit ihres Lebens,
und fast war er ein Glied der Familie, während
feine Schülerin, wenn auch nicht ganz durch ihn,
doch unter feiner Beihülfe, die Fortschritte in ihrem Lieblingsstudium verfolgte.

Nach vier oder fünf Monaten, so schnell
als es in der That geschehen konnte, erhielt Herr
Suberville einen Brief aus Philadelphia, von
dem er, obgleich er Englisch geschrieben war,
erwarten konnte, daß er Herrn Mowbray's
Antwort auf feinen nach dem Brande geschriebenen Brief sey. Er reichte ihn Leonie zur Ueber-

setzung, und sie trug sehr schnell Folgendes in die Französische Sprache über:

Philadelphia, den 28sten Mai 1811.

Herrn Julius Suberville.

Mein Herr!

Herr Mowbray, mein Principal, der durch Geschäfte verhindert wird, selbst zu schreiben, hat mir aufgetragen, Ihnen zu melden, daß Ihr Geehrtes vom 16. März c. richtig ihm zugekommen. Er bedauert Ihr Unglück, und wird demnächst die 550 Ballen Baumwolle zurückbehalten. Er vermuthet zugleich, daß Ihre Gesundheit einen Stoß erhalten habe, worüber er aufrichtig betrübt ist.

Ich bin, mein Herr

Dero ergebener Diener,

für Joseph Mowbray und Sohn,

Ebenezer Woodroofe.

Herr Suberville lächelte über diese laconische Mittheilung, die von Leonie fast wörtlich mit zitternder Stimme übersetzt wurde. Sie prüfte jede Falte und Seite, von innen und außen, nach einem Postscript, fand aber nichts, ja nicht das Geringste was von Eduard's Leben gesprochen hätte, bis auf das Wort „Sohn,“ welches deutlich zeigte, daß er nun an der Handlung des Vaters Theil nehme. Zuerst wunderte sie sich über diesen veränderten Ton im Briefwechsel, fand aber bald tausend Entschuldigungs-Gründe, die mit Eduard's Eintritt in die Handlung Verbindung hatten. Herr Suberville sah auf den ersten Blick, daß er eine Bekanntschaft weniger habe, und dachte nun nicht mehr daran.

Sein hinlängliches Einkommen, seine Mäßigkeit und seine stets im Kleinen und Großen wohl berechneten Pläne versicherten Herrn Suberville eines fortdauernd behaglichen Zustandes, bei Umständen, die er wenig Hoffnung hatte zu verbessern, und geringe Furcht, daß sie noch schlimmer werden könnten. Für sich und auch für seine Frau war er vollkommen zufrieden. Der große Gegenstand seiner Sorge war Leonie, und sie hatte ja Alles, was bei ihren bescheidenen Wünschen im Leben für sie nöthig war. Das schlechte Aeussere des Hauses bekam ein wohnlicheres Ansehn, indem die Geräthschaften und Meubles vermehrt wurden, oder das Auge sich an die weiten Räume gewöhnte. Der Garten, noch vor Kurzem ein Sinnbild des aristokratischen Falles, wurde in Ordnung gebracht; die langen Alleen wurden wieder beschnitten, die Terrassen neu mit Sträuchern und Blumen bepflanzt, der Fischteich gereinigt und wieder eingefaßt, die kleine Wasserkunst hergestellt, die Gänge mit Kies belegt; und der ganze Platz erhielt ein moderneres und angenehmeres Aeußere. So verstrichen drei Jahre in nicht unangenehmer Einförmigkeit. Die Ruhe wurde von keinem des Bemerkens werthen Ereigniß unterbrochen, bis die ganze Welt von dem Falle des allerkolossalsten ihrer Gebieter erschüttert wurde — wo denn auch das Thal der Drei Dörfer bei dem allgemeinen Stoße nachschütterte.

Achtes Kapitel.

Die großen politischen Ereigniſſe des Jahres
1814 bedürfen keiner neuen Erwähnung. Sie
müſſen noch friſch im Andenken der Meiſten
ſeyn, und beſonders Derer, welche irgend wie
mit der Nation, bei welcher ſie vorzüglich Statt
fanden, in Verbindung ſtanden. Während dieſe
erſtaunlichen Vorfälle in den übrigen Ländern
Europa's nur in ihrer Ausdehnung und Größe
bekannt wurden, war Frankreich verurtheilt, die
ihnen folgenden Wirkungen bis in ſeinen entfern-
teſten Winkeln ſpeciell zu fühlen.

Grade kurz vor der wirklichen Entthronung
Napoleons geſchahen die größten Anſtrengungen,
und die Königliche Partei entfaltete im Geheimen
alle Kräfte, um der faſt vergeſſenen Sache des
Bourbonismus Anhänger in Frankreich zu verſchaffen. Erſt als das Land zu der Erkenntniß gezwungen ward, daß ſich von der Fortdauer des kaiſer-
lichen Scepters kein Glück erwarten laſſe, öffneten
ſich Aller Augen zugleich der Nothwendigkeit, den

Mann zu entfernen, welcher, nachdem er seine Glorie gewesen, nun seine Geißel geworden, und ein gesetzwidrig entthrontes Geschlecht, dessen Fähigkeit zu einer solchen Auszeichnung eben so sehr auf rechtlichen Ansprüchen beruhte, als auf der Gewißheit, daß, wenn einmal ein Wechsel eintreten müsse, es dasjenige sey, von dem sich eine ruhige Staatsverwaltung am ehesten erwarten lasse, wieder auf seine Stelle zu setzen. Aus diesem Grunde war der größere Theil unter den vernünftigen Franzosen bald zur Unterstützung Ludwig's **XVIII.** geneigt; aber ehe dieser allgemeine Wille im Lande sich aussprach, wurde manche unwürdige Intrigue gespielt, und manche lustige Auftritte fanden Statt.

In dem ganzen kleinen Landstrich, wo wir mit unseren Beobachtungen heimisch geworden sind, war der Einzige, welcher sich laut und kühn als Royalist bekannte, Monsieur Hippolyte Emanuel Narcisse de Chousleur. Er war durch Dick und Dünn, während seiner Siege und seiner Niederlagen, seiner Höhe und seiner Erniedrigung, ein offenkundiger Gegner

9 *

Buonaparte's, und steter Anhänger der Bourbons gewesen. Alles, worin der Name Napoleon vorkam, schien in De Choufleur's Augen verunehrt; aber dieser voreilige Wahnsinn fand damals noch sehr wenig verwandte Gemüther in Frankreich, und machte seinen Besitzer fast zum Gegenstande eines allgemeinen Gelächters. Ein seiner Sache so ganz hingegebener, und von seinen Gegnern so verachteter Mann, gab indessen doch ein gutes Instrument ab, als die Sache zu blühen begann. Jedes solchem Depositorium anvertraute Geheimniß war ziemlich sicher, nicht gesucht zu werden, und wenn es durch Zufall an's Tageslicht kam, konnte es nur geringe Aufmerksamkeit erregen. So argumentirten die Agenten der Bourbons, und waren sehr erfreut, einen so getreuen und bereitwilligen Partisan an einem Orte zu finden, wo sie nur geringe Hoffnung hatten, Proselyten zu machen.

Ich kann den bestimmten mit De Choufleur abgeschlossenen Vertrag nicht mittheilen, und eben so wenig die genauen ihm bei dieser Gelegenheit ertheilten Instructionen verrathen; aber gewiß ift, daß er sehr nach Recruten auf den Strauch schlug, und daß der erste hoffnungsvolle Spröß=ling, den er als seinen Alliirten sich ausersah, kein Anderer war, als der grunzende und brum=mende Doctor Glautte.

Glautte war bald für die gute Sache gewon=nen, denn er kam dem Versucher auf halbem Wege entgegen. Was der erste ihm hingehaltene Köder gewesen seyn mag, wird vielleicht auf immer Geheimniß bleiben. Genug, es war hinreichend, den Doctor zu einem eifrigen Advocaten der Le=gitimität zu machen, und Er war es, der in Ver=bindung mit De Choufleur um die Zeit des Ein=falls der alliirten Mächte in das Land, nämlich im Frühling des merkwürdigen Jahres, wo meine Erzählung jetzt verweilt, seine gelegentlichen Vor=träge über die Bourbons überall begann, wo er nur immer Zuhörer fand, das ist in den Schänk=stuben, den Barbierläden, den Bleichwiesen oder in der kleinen wandernden Lesebibliothek. Unter Vermittelung dieser Edlen begann der durch die revolutionäre Dürre in's Stocken gerathene Fluß des Royalismus allmählig wieder zu rinnen, aber er sikerte lange Zeit nur mühsam, bis er zuletzt ein klarer und reiner Strom wurde, der durch eigene Kraft allen Widerstand über= wältigte.

Ein plötzlicher Ausbruch des Bourbonismus im südlichen Frankreich entschied die Frage. Die= ses Gefühl rauschte wie eine Flamme über das ganze Land, und war unwiderstehlich, als es von fünf hundert tausend Bajonetten und der Kraft des Unwillens des so lange entwürdigten Europa's unterstützt wurde. Der Mächtige, wel= cher die freien Rechte, durch welche er erhoben worden, niedergetreten hatte, fiel vom Throne, er wußte nicht wie, und sah eine Macht in Staub verschwinden, die sich nicht durch geringe Mittel wieder auflösen ließ. Hippolyte's und Glautte's kleiner Triumph war vollkommen, aber um ihn zu äußern, bedurfte es eines Mannes von der Feder, der geschickter war als jeder von ihnen Beiden. Als sie sich gegenseitig die gewich= tige Frage vorlegten: „Wer schreibt unsere Pro= clamation und unsere Adresse an den König nie= der?" antworteten sie Beide: „Wer als Faus=

secopie!" Indessen war dieser mit Herrn Suber=
ville, seinem Obern, seit einiger Zeit auf's åu=
ferste angestrengt gewesen, die schwindende Anhång=
lichkeit der Gemeine zu Napoleons sinkendem
Hause aufrecht zu erhalten. Beredsamkeit und
Vernunft, und Versprechungen und Drohungen
waren aus Faussecopie's allzeit fertiger Feder in
reichlicher Fülle geflossen; aber zu seinem Glück
wandten sich grade am Tage vor der endlichen
Entscheidung, und ehe Ludwig zum König pro=
clamirt wurde, die Hauptverbündeten in der
Dorfrevolution an ihn in ihrer Noth, und stell=
ten ihm die Sache in so einleuchtendem Lichte
vor, daß er (aus amtlichen Mittheilungen zu=
gleich unterrichtet, daß das Spiel aus sey) ganz
ihren Anforderungen entsprach und die verlangte
Schrift entwarf, mit Floskeln voller Bour=
bonismus und Schmeichelei. Er empfing dage=
gen das bestimmte Versprechen, daß er an allen
Ehren und Belohnungen, die über sie kommen
möchten, seinen Antheil haben solle.

Nachdem so alle Vorbereitungen gemacht wa=
ren, wurde unter Schutz und Rath genannten

Triumvirates die weiße Flagge im Dorfe aufge=
steckt; aller Anstrengungen Herrn Suberville's
dagegen ungeachtet, dessen Leben sogar von dem
eifrigen Pöbel dabei bedroht wurde. Ankündi=
gungen über die Restauration wurden überall
verbreitet, der Maire und andere widerstrebende
Beamte wurden suspendirt, und jenes wichtige
Amt in unsern Drei=Dörfern pro tempore
dem Doctor Glautte übertragen, der augen=
blicklich seinen würdigen und loyalen Freund
Faussecopie zum Adjuncten ernannte. Was Hip=
polyte betraf, so lagen dessen Hoffnungen noch
im Keime, aber er erhielt sogleich die Zusiche=
rung einer reichen Belohnung, und so endete die
Revolution der Drei=Dörfer.

Hiermit trat abermals eine andere und sehr
ernste Veränderung in Herrn Suberville's An=
gelegenheiten ein. Er war jetzt bestimmt auf
seine hundert Pfund jährlicher Einnahme redu=
cirt, denn alle aus seinem Dienste entspringende
Emolumente waren mit der Pension zugleich
unwiderbringlich verloren. Er behielt jedoch noch
immer seinen festen Sinn und seinen Orden,

Festigkeit das Unglück zu ertragen, und das stolze
Bewußtseyn, in seinen alten Tagen ein besseres
Loos verdient zu haben. Alsbald wurden die
nothwendigen Einschränkungen eingeführt, und
ein System der genausten Oeconomie mit Leonie
verabredet, welche jetzt in ihrem achtzehnten
Jahre und ganz fähig war, an den Berathun-
gen Theil zu nehmen, welche Herr Suberville
früherhin mit seinem Weibe gepflogen. Sie,
dieses arme Weib, war schon altersschwach, obgleich ihre Gesundheit, als natürliche Folge der
aufhörenden Besuche von Seiten des Doctors
Glautte, sich mehr als je erholt hatte. Sie
machte sich noch immer etwas zu schaffen, sie
sonnte die Leinwand, fütterte die Hühner und
dergleichen; was aber die ernsteren Angelegenheiten des Hauses betraf, so lastete die ganze
Sorge auf Leonie.

Herrn Suberville wurden von den neu ge-
bildeten Freunden der restaurirten Dynastie mancherlei Anerbietungen gemacht, mit der festen
Zusicherung, daß, wenn er sich mit der herr-
schenden Parthei vereinige, und seinen Einfluß

in der Nachbarschaft zur Sicherung der Macht
.der Bourbons verwende, er auf jede Belohnung
rechnen dürfe, welche Liberalität und Dankbarkeit nur leisten könne. Aber er lehnte durchaus
jede Theilnahme an öffentlichen Angelegenheiten
ab. Er hatte es für seine Pflicht gehalten, un-
verbrüchlich an der Sache seines Wohlthäters,
des Kaisers, zu verharren, so lange diese Sache
noch einen Schatten von Hoffnung hatte; denn
er wußte wie oft der politische Erfolg von einem Haar abhangt. Er sah und bedauerte die
Verirrungen des herrlichen Geistes, der alle die
Größe besaß, welche ein Welteroberer haben
muß, aber nicht die Milde, welche einem Regen-
ten geziemt. Als Napoleon fiel, war Herr
Suberville so gut wie Jemand sonst davon
überzeugt, daß Ludwig der Mann sey, welcher
ihm folgen müsse, und er hoffte inbrünstig, daß
dieser Monarch im Unglücke die Lehren der
Weisheit recht tief eingesogen habe. Was die
Dynastieen betrifft, so war ihm keine einzelne
besonders ehrwürdig. Er bedachte, daß sie sämmtlich, wie Privatfamilien, dieselbe Anzahl Thoren

und Bösewichter, und ebenfalls rechtliche und
weise Männer hervorbrächten. Ein Bourbon
und ein Buonaparte war daher für ihn dasselbe,
vorausgesetzt, daß Beide gleich gut für das Glück
des Landes sorgten. Aber persönliche Gefühle
der Dankbarkeit fesselten ihn an Napoleon, und
während er seinem Nachfolger eine friedliche
Regierung wünschte, war er doch entschlossen,
niemals Antheil zu nehmen an irgend einem
der politischen Ereignisse, welche dem Falle des
Kaisers nachfolgten.

Aus diesem Grunde und seines verringerten
Einkommens wegen lebte er daher abgeschiede-
ner als je, indem er sich nur mit seinem Lieb-
lingsvergnügen, der Jagd, beschäftigte und dabei
fortwährend von seiner alten Flora begleitet
wurde, die überhaupt außer Leonie fast seine
einzige Gesellschafterin war. De Chousleur hatte
er nicht ganz bei Seite geschoben; im Gegentheil war er über seine Aufführung eigentlich mehr erfreut gewesen, da sich darin ein sel-
tener Geist der Treue offenbarte. Eines Morgens war er freilich ein wenig betreten, als Hip

polyte von dem Dienſtmädchen als Le Chevalier de Chouſleur angemeldet wurde, und er
fühlte in dem Augenblicke eine Art Unwillen,
als er das Gegenſtück ſeines eigenen rothen Ban-
des an Hippolyte's Knopfloch bemerkte. Herr
Suberville fühlte, es ſey gerecht, daß eine Regierung ihre Freunde belohne, und er wandte
deshalb ſeine Aufmerkſamkeit, und zwar mit großem Vergnügen, von dem Bande auf das Kleid,
welches, wie der ganze übrige Anzug deutlich
von dem geſtiegenen Glück ſeines Trägers Auskunft gab. Die Sache war, daß De Chouſleur, unabhängig von der ihm gewordenen Ehre,
eine hübſche Summe baaren Geldes und zugleich eine Stelle bei der Acciſe erhalten hatte,
die ihm ein Einkommen von zwei tauſend Franken jährlich, nebſt dem Beſitz eines Hauſes und
ſteuerfreien Gartens ſicherte, welche wenige Meilen vom Thale nach der See zu gelegen waren.
Außer einigen anderen Nebenvortheilen, die der
Poſten abwarf, war er ihm überhaupt nur als
Stufe gegeben, um von ſeinen früheren, niedri-
gen Glücksumſtänden in eine Stelle von weit

höherem Werthe zu steigen. Wer war jetzt fro=
her als Hippolyte? Wo konnte man ein so schö=
nes Assortiment neuer Nankinghosen, seidener
Strümpfe und Röcke von der glänzendsten Farbe
sehen? Wer rief das Vive le Roi und Vivent
les Bourbons! so laut als der Chevalier de
Choufleur? Wer zeigte solche muskulöse Kraft,
oder sprang so hoch, oder machte solche Entre=
chats auf den Restaurationsbällen?

Weit leichter mochte es indessen seyn auf
die Frage zu antworten, weshalb De Chou=
fleur's Benehmen gegen Leonie sich völlig geän=
dert hatte? Er war nicht länger der kriechende,
schlängelnde, furchtsam schüchtern murmelnde
Courmacher. Im Gegentheil trat er jetzt kühn
vor ihr auf, Fuß und Schulter zugleich vor=
schiebend, und wagte es dreist und keck ihre
schönen Augen und die Anmuth ihrer Gestalt zu
loben. Es war eine ganz erklärliche Verände=
rung, die natürliche Folge des Glückes auf Miß=
geschick; die Gefühle traten über ihre gebühren=
den Verhältnisse hinaus, wie ein Pilz in warmem
Boden über seine gewöhnliche Größe aufschießt.

Hippolyte hatte niemals während der dreijäh-
rigen Bekanntschaft mit unserer Heldin auch nur
den entferntesten Gedanken gefaßt sie zu heirathen. Sie schien ihm in ihrer Anmuth, Jugend
und Unschuld fast ein Wesen aus anderer Sphäre,
und seine Verehrung für sie glich der, welche
einige Indianer dem Schatten zollen, ohne daß
sie deshalb die geringste Notiz von dem Körper
nehmen, dem er angehört. Der Körper blieb
ganz aus dem Spiel, wenn er an sie dachte,
und sie schien ihm ein reiner Ausfluß alles Mo-
ralisch-Schönen. Er dünkte sich in ihrer Gegenwart ein vom Mondschein erhellter Wurm
oder eine Motte im Sonnenlicht, und dieses Ue-
bermaaß von Demuth nahm eher zu als ab,
bis Herrn Suberville fiel und er selbst stieg.
Aber seit den ersten Tagen der Restauration fühlte er, wie ein neues Licht hereinbrach,
immer mehr und mehr, und der Augenblick,
wo er den Orden der Ehrenlegion an seiner
Brust hangen sah, schien bei ihm eine gänz-
liche Wiedergeburt. Sein Zutraun war unbe-
gränzt. Er stolzirte nach dem Thale hin, schüt-

telte Herr Suberville bei der Hand, als wäre
er von je gewöhnt an diese Freiheit, nickte ver-
traulich Madame Suberville zu, warf der Magd
in gnädiges Lächeln zu, und redete Leonien
mit einem leidenschaftlichen Unsinn an, der alle
Vertraulichkeit gegen die Anderen noch überbot.

Leonie war nicht so gleichgültig, um nicht zu
merken, worauf alles dies hinauslief. Sie bemerkte es, und belustigte sich mehr als je daran.
Herr Suberville war nicht erstaunt, denn er kannte
die Menschheit, und auch nicht mißvergnügt,
denn es ergetzte ihn seine Schwäche. De Choufleur fand daher nichts in seinem Wege, und
in seiner steigenden Kühnheit glaubte er nicht
allein, daß seine Hauptabsicht gekannt, sondern
auch gebilligt werde. „Wie konnte es auch anders
seyn?" sagte Hippolyte eines Tages zu sich, indem er wie gewöhnlich auf einem Stuhle stand,
um sich und seinen neuesten Anzug im Spiegel
zu sehen. „Wie konnte sie meinen drei langen
Jahren der allerzärtlichsten Aufmerksamkeit widerstehen — den sanften Banden, die ich allmälig um ihr Herz geschlungen — meinen brennen-

den Seufzern — meinen sengenden Blicken —
der Farbe meiner Wangen — der kräftigen tour-
nure dieses Beines?"

Er dachte über die beste Methode nach, sich
Herrn Suberville's Einwilligung zur Heirath mit
Leonien zu verschaffen, indem sie selbst — davon
war er fest überzeugt — nur ängstlich auf seinen
Vorschlag warte, um ihm sogleich in die Arme
zu fliegen. Er entschloß sich deshalb, Jaussecopie
zu Rathe zu ziehen. Der Letztere wußte wol,
daß Hippolyte sich selbst entsetzlich täusche, aber
er berechnete zu gut, welchen Vortheil er aus diesem Vermittlergeschäfte ziehen könne, und war entschlossen, den Narren auf's Aeußerste zu ermuntern.
Schon lange hatte er auf die Gelegenheit gewartet ihm einen ausgebreiteten Vorschlag zu einem
gesetzwidrigen Handel zu machen, welcher, unter
De Chousleur's Begünstigung, auf seinem Posten keine Schwierigkeiten finden konnte; aber
er wußte nur nicht recht, wie den Vorschlag an-
bringen, als Hippolyte's Entdeckung seiner Absichten ihm auch zu einer gegenseitigen Vertraulichkeit Muth machte. Er verbarg eine Zeit

lang seine eigenen Absichten und indem er mit
anscheinender Wärme in die des Chevaliers ein=
ging, deutete er an, wie höchst nothwendig hier
die Vorsicht wäre und daß man nicht durch ei=
nen zu schnellen Vorschlag Alles verdürbe.

Was Alfred betraf, den wir einige Zeit aus
dem Gesicht verloren, so stand er nicht, wie
Faussecopie meinte, Hippolyten als Rival im Wege;
aber ehe Alfred gelitten daß dieser Leonien heim=
führe, würde er ihn durch die Kehle geschossen
haben. Er verachtete ihn herzlich als Mann
und haßte ihn als Politiker; denn Alfred war,
wie der größere Theil der Jugend in Frankreich,
ein enthusiastischer Bonapartist und fühlte, wie
so viele Unglücksgenossen, den Wurmstich eines
halben Soldes. Bald nach seines Oheims Ein=
richtung in Le Vallon war er zum Lieutenant
an Bord eines Kriegsschiffes ernannt worden.
Er hatte eine Fahrt nach Indien gemacht, wo
er einige Zeit stationirt blieb, und war grade
noch zeitig genug nach Frankreich zurückgekehrt,
um mit anderen Antiroyalisten verabschiedet zu
werden, und die Hitze, die er in den tropischen

V. 10

Ländern eingesogen, machte sich nun Luft in der
Liebe für seine Partei und dem Haß gegen
ihre Feinde. Unter die Letzteren rechnete er na=
türlich die Abtrünnigen Glautte und Faussecopie,
und mit De Choufleur hielt er sich, nur aus
Achtung für die Wünsche seines Oheims und
Leoniens und wegen der großen Lust, die er aus
der Verspottung der Chevaliers zog, auf dem
Fuße des äußern Anstandes.

So verhielten sich die Dinge während des
laufenden Jahres, und die einzigen bemerkens=
werthen Begebenheiten, welche sich darin zutru=
gen, waren Buonaparte's Rückkehr von Elba und
ein Schlagfluß, der den würdigen Maire Glautte
traf. Besagter Schlagfluß war aber eines der
glücklichsten Dinge von der Welt für sein zeiti=
ges Opfer; denn Glautte hatte grade am Tage
vor dem Anfalle einen Brief vorläufig skizzirt,
den sein Adjunct ausfüllen und weiter befördern
sollte, und worin er versprach, die Sache der
Bourbons zu verlassen, zu seinen alten kaiserli=
chen Grundsätzen zurückzukehren, um bei einer
„ganz desperaten Treue" künftig zu verhar=

ren, vorausgesetzt, daß er seinen Platz als Maire behalte. Faussecopie, immer auf seiner Hut, entschloß sich die Resultate der ersten Schlacht oder Schlachten abzuwarten, ehe er das Unterwerfungsschreiben absende, und das Unwohlseyn des Maire kam ihm sehr gelegen, um für die Verzögerung eine gegründete Ursach zu haben. Er versteckte daher den Entwurf, und des Kaisers endlicher Sturz rechtfertigte seine Vorsicht. Während der hundert Tage waren Herrn Suberville die aller schmeichelhaftesten Aufforderungen zugegangen, seine alte Stelle wieder anzunehmen, aber, mit Klugheit den verzweifelten Zustand der Dinge voraussehend, widerstand er ihnen; jedoch nur in der Hoffnung, daß er doch noch darauf eingehen würde, duldete man es, daß Glautte noch immer im Besitz der Mairie verblieb. Aber Glautte verblieb darinnen, und als Ludwig zum zweiten Male zurückkehrte, wurde er sogar darin bestätigt, indem er dem Namen nach als Magistrat fungirte und, der Form wegen, sich täglich in seinem Stuhl in's Amt rollen ließ, um fester als

10 *

je zu drusseln, während Faussecopie die Streitigkeiten nach seinem eigenen Gutdünken und im Namen seines Obern entschied. Dieser Erzschurke war jetzt ganz in seinem Felde als kleiner Tyrann und Erpresser. Glautte's stumpfe dicke Fleischmasse vor sich, als Schirm und Schutz gegen jede Entdeckung, scheute er sich vor keinem Bubenstück mehr; und das System einer ängstlichen Strenge, welches gleich nach Napoleons glänzendem aber vergeblichem Versuche im ganzen Königreiche eintrat, ließ eine beträchtliche Macht in den Händen eines jeden kleinen Tyrannen. Faussecopie hatte dabei, unter anderen Uebelthaten, De Choufleur in seine schändlichen Pläne zum Unterschlage der öffentlichen Einkünfte verstrickt, und Beide waren schon so tief in Uebertretungen verwickelt, daß Jeder ganz in die Macht des Andern gegeben dastand.

Während aller dieser öffentlichen und Privatvorfälle war Leonie zur vollen Reife des Geistes und des Leibes gediehen. Nie gab es wohl schönere und so analoge Fortschritte des Körpers und des Verstandes. Beide hatten allmä-

lig eine Höhe, eine Fülle, eine Blüthe, eine
Zartheit erreicht, — im schönsten Ebenmaaß und
wie man sie selten vereinigt findet. Seit der
drei Jahre, wo sie zuerst De Chousleur sah,
war sie so gewachsen, daß sie jetzt zwei Zoll größer als er war, und ihr glänzendes blaues Auge
schoß einen Strahl auf ihn nieder, der hinläng-
lich war, weit minder brennbare Materialien
als woraus Er bestand, in Feuer und Flammen
zu setzen. Unschuld schien auf ihrer schönen,
breiten Stirn zu ruhen, aber noch immer Raum
zu lassen für den sinnenden Verstand, welcher
den enthusiastischen Ausdruck ihrer halb geöffne-
ten Lippen und ihres bezaubernden Lächelns um-
schwebte; dann ihre Zähne, ihre Nase, ihre
Augenlieder, ihr goldenes Haar und der Himmel weiß, wie viele andere et caetera, die ich
alle der Einbildungskraft meiner Leser, sich selbst
auszumahlen, überlassen muß, denn es sind Alles Gegenstände, auf welche dem schildern-
den Dichter die Vorsicht gebietet, sich nicht zu
tief einzulassen. Die romantischen Gedankenflüge
des fünfzehnjährigen Mädchens waren seitdem

durch ihr richtiges Urtheil sehr bald gezügelt worden, welches nach den Worten eines Dichters

Wuchs mit dem Wuchs, und Kraft mit ihrer Kraft empfing.

Wenn sie je noch an die Mowbrays dachte,
geschah es mit einem leisen Lächeln über die
Thorheit ihrer Kinderjahre und nächstdem mit
einem gewissen verächtlichen Gefühle über das
weltkluge und kalte Benehmen der Leute. Herr
Suberville hörte nichts mehr von Philadelphia
seit Herrn Ebenezer Woodroofes Trostbriefe, und
er ließ sich auch deshalb keine grauen Haare
wachsen, indem er nicht einmal daran dachte.
Aber Leonie wünschte sich dennoch Glück des einen Vortheils wegen, der aus ihren Jugend-
träumen entsprungen war, nämlich daß diese sie
bewogen hatten an das Studium des Englischen zu
gehen, in welcher Sprache sie jetzt, bis auf die
Aussprache — in der sie auf gleichen Irrwe-
gen sich wie ihr Lehrer befand — beinahe vollkommen war. Sie war jetzt entschlossen, die
Kenntniß dieser Sprache, eigentlich entsprungen
aus der Grille eines Kindes, während sie auch
deren Betrieb bisher nur als eine Vergnügungs-

sache angesehen, zu einem bessern Zwecke zu verwenden. Mit Schmerzen bemerkte sie, daß die äußersten ökonomischen Anstrengungen nicht hinreichten, Madame Suberville die Bequemlichkeiten und Annehmlichkeiten zu verschaffen, welche, durch lange Gewöhnung ihr zum unentbehrlichen Bedürfniß geworden, indem die gute Frau neben aller ihrer Frömmigkeit, die mit den Jahren zunahm, ihr großes Wohlgefallen an manchen Dingen dieser Welt hatte. Aber Herrn Suberville's und Leonien's Vergnügen, wenn sie die geistliche Seligkeit der trefflichen Frau sahen, wurde nicht wenig durch die Ueberzeugung gedämpft, daß sie sich in ihrer körperlichen Behaglichkeit würde einschränken müssen, falls nicht ein neues Mittel zur Vermehrung ihrer Einnahmen ausfindig zu machen wäre.

Deshalb faßte Leonie einen Plan und theilte ihn Herrn Suberville mit. Sie wollte, von dem Augenblicke an, wo ihr Gelübde zu Ende gehe, Unterricht im Englischen solchen Frauen aus Rouen und der Umgegend ertheilen, die gesonnen wären, diese sich jetzt weit verbreitende Sprache

zu erlernen. Herr Suberville hatte gegen einen Plan, der sich mit seinen Begriffen von
Recht so wohl vertrug, nichts einzuwenden; aber
Leonie fühlte, daß sie, um sich zu ihrem Vorhaben anzuschicken, nothwendig zuerst ihre schlechte
Aussprache bessern müsse. Sie erweckte aus diesem Grunde bei Herrn Suberville den Gedanken (den er auch sogleich, seiner nationellen Abneigung ungeachtet, in's Werk setzte) durch die
Pariser Zeitungen Wohnung und Beköstigung
einem gebornen Engländer anzubieten, welcher
das Französische in einer Familie erlernen wolle,
wo die englische Sprache wol verstanden, aber
unvollkommen gesprochen werde. Madame Suberville, De Choufleur, Alfred wurden Alle von
dem Vorhaben benachrichtigt, wenn auch nicht
zu Rathe gezogen. Die Erstere pflegte Alles still-
schweigend zu billigen, was von ihrem Manne
und Leonien ausging. Die beiden Letzteren waren über alle Beschreibung wüthend und wider-
setzten sich mit aller Gewalt dem Plane, der
Eine aus Unwillen über die Schmach, welche

das ganze Verfahren auf ihn und seine Kennt=
niß der Englischen Sprache werfe, der Andere
aus Haß gegen jedes Individuum der Nation,
welche den Sturz seines vergötterten Kaisers
bewirkte. Demungeachtet bestanden Herr Su=
berville und Leonie auf ihren Willen, und Al=
fred begnügte sich zu geloben, er wolle es jeden
Engländer fühlen lassen, der sich nach Le Vallon wage, während De Chousleur eine Reihe
von Schmähreden auf das Land begann, welches ihm früher Schutz gewährt, als wolle er
sich damit vorbereiten, Alfred in seinen beabsich=
tigten Angriffen zu unterstützen. Um ihre ge=
genseitigen Maaßregeln zu einiger Wirksamkeit
zu verbinden, lehrte er seinem feurigen Bundes=
genossen mehrere herzbrechende Schimpfworte,
wie „Mylord Rosbif," „Sir Plumpudding,"
„Monsieur Biffteck" ꝛc. und außer diesen einen
Gesang, mit welchem sie in Serenadenform den
erwarteten Pfuscher begrüßen wollten und des=
sen Chorus (der einzige Theil des Liedes, den
ich nachher erfahren) folgender war:

De Englishman be von ver bad man,
He drinka de beer, and he breaka de cann,
He kissa de vife, and he tomp de man,
And de Englishman be von ver God dam.

Von Herzen hörte der entzückte Alfred alles dies an, und es vergingen Stunden im Lernen und Ueberhören dieses Schmähliebs.

Neuntes Kapitel.

Die Nachricht wurde sogleich zur Insertion nach Paris gesandt, und damit alle Nachforschungen über die Familie bei guter Zeit vorher gemacht werden könnten, wurde deutlich gesagt, daß die angebotene Aufnahme im Hause des Ex-Maire Suberville zu finden sey. Kaum war eine Woche verstrichen, als ein Brief, signirt George Wilson, ankam, der da sagte, daß der Schreiber desselben, ein Englischer Gentleman, ein solches Unterkommen auf einige Monate wünschend, und zur Zeit in invalidem Zustande, sich am nächsten Tage bei Herrn Suberville einfin-

den werde, und er wünsche, da er kein Wort
Französisch spreche, daß Jemand aus der Familie,
der Englisch verstünde, zuhause bleiben möchte,
um ihn aufzunehmen. Der Brief enthielt Adresse
an einen Banquier des ersten Ranges, und be=
merkte, daß es auf die Bedingungen dem Schrei=
ber durchaus nicht ankomme.

Der glückliche Erfolg ihrer Bemühungen war
für Herrn Suberville und Leonie äußerst ange=
nehm, wenn aber etwas ihr Vergnügen störte,
so war es die gekritzelte, altmodische Handschrift.
Obgleich wunderbar von ihrer frühern Geistes=
richtung geheilt, hatte sie doch noch so viel ro=
mantischen Sinn behalten, daß sie sich von ih=
rem künftigen Kostgänger ein wohlgefälliges Bild
entworfen, und sie hoffte auf einen jungen hüb=
schen und angenehmen Mann, Eigenschaften,
welche ihr nun durchaus unverträglich mit einer
solchen Schreiberei dünkten.

Der nächste Morgen überzeugte sie, daß sie
nicht falsch geschlossen, und vollendete ihr Mißbe=
hagen. Während sie, nebst Herrn und Madame
Suberville bei ihrem sehr häuslichen Frühstück sa=

ßen, fuhr eine Postchaise vor das Haus, und sobald der Postillion herabgestiegen war, und Lisette, das Hausmädchen, an die Thüre trat, schickte sich die Gestalt drinnen an, auszusteigen. Besagte Handschrift hatte unsere Leonie durchaus nicht gelockt, ihren Anzug zu Ehren des Ankömmlings besonders zu wählen, und sie erschien am Fenster in ihrem netten aber gewöhnlichen Morgendeshabillé — einem weißen Calicojäckchen und einem Rock von Dimity, weißen Pantoffelchen und einem Häubchen von bloßem Musselin, unter welchem ihre schönen Locken alle sorgfältig aufgewickelt waren. Das erste, was sie, auf die Chaise blickend, entdeckte, war eine grüne Brille auf der Stirn eines Mannes, und ein Paar schwarze Augen, die hervor aus ihren buschigen Brauen nach dem Hause blickten. Dazu ein gelbes Gesicht, auf welches eine Masse dicken, schwarzen Haares herabfiel, ein großer Backenbart und auf dem Kopfe ein unmoderner, herabgekrämpter Hut. Das nächste, was ihr in die Augen fiel, waren ein Paar lange Beine, bis über die Kniee in Flanell ge-

wickelt, und sie entdeckte ganz deutlich, daß der
Gentleman ein Podagrist sey, von (soweit sich
dies aus seinem Gange, seinem Gesicht und
seiner eingehüllten Gestalt entnehmen ließ) un=
gefähr vierzig Jahren. Da sie sah, wie sehr
er des Beistandes bedurfte, vergaß sie alle Täu=
schung und alles Mißbehagen, welches seine Er=
scheinung ihr hervorgebracht, und schlug Herrn
Suberville vor, mit ihr hinzugehen, und ihm
in's Haus zu helfen. Beide traten sogleich hin=
aus und stiegen die Treppen hinab, indem sie
Lisetten und dem Postillion, die eben dem Frem=
den heraushalfen, ihren Beistand anboten. Als
er den Succurs sich nähern sah, schien er unter
seinen Gläsern, welche indessen, von der Stirn,
ihren ordentlichen Platz eingenommen hatten und
seinen Wangen eine um so traurigere Farbe gaben,
auf sie hinzuschielen. Er stieß nun die ihn bis=
her unterstützenden Arme zurück und hielt inne,
indem er rief: „Wer spricht hier Englisch?"

„Das bin ich, Saar," (für Sir *) antwor=
tete Leonie.

---

*) Der Spaß in diesem Gespräch läßt sich nicht über=

„Wollen Sie mir denn Ihren Arm leihen? Denn der verdammte Kerl hier in seinen sack=ledernen Kanonenstiefeln taumelnd, wirft mich und sich am Ende noch hin," sagte er, sich ganz vom Postillion losmachend und Leonie's Arm ergreifend.

„Mit größtem Vergnügen," erwiederte sie mit ihrem natürlich anmuthigen Tone.

Er schien über den Ton ihrer sanften Stimme vergnügt, und blickte ihr einen Augen=blick in's Gesicht. Sie antwortete durch ein tiefes Erröthen, worauf er die Augen abwandte und Beide die Treppen hinaufstiegen.

„Ist das Ihr Vater?" fragte der Fremde, auf Herrn Suberville deutend.

Dat is papa, Saar, sagte Leonie.

„Wie befinden Sie sich, mein Herr? Sehr vergnügt, Sie zu sehen," sagte der Fremde.

Papa thut nicht Englisch sprechen, Saar, sagte sie lächelnd.

setzen, da er in Leonie's breiter und verunstalteter Aus=sprache des Englischen besteht. Wo diese an sich verständ=lich ist, mögen die Redensarten Englisch stehen bleiben.

„Was, Niemand als Sie?"

Nein, Saar!

„Nun, desto besser," und unter dieser derben Antwort erreichte er das Sprachzimmer, wo Madame Suberville zurückgeblieben war. Er erwiederte die höflichen Verbeugungen und kurzen Reden der Dame und ihres Ehemannes mit einem Kopfnicken und sagte, zu Leonie gewandt: „Wozu reden denn mit mir? Habe ich nicht in meinem Briefe gesagt, daß ich nichts von ihrer Sprecherei verstünde? Sagen Sie ihnen, sie sollen einhalten lassen. Wollen Sie das? — Wie ist Ihr Name, meine Liebe?"

Leonie, Saar.

„Hm! — Was heißt das Englisch?"

Englisch Saar? Es ist ein Eigenname, und der ist derselbe in allen Sprachen.

„Ah so! nun gut denn, Lionie."

Leonie ist mein Name, unterbrach sie lächelnd.

„Gut denn, Leonie. Lassen Sie mich auf mein Zimmer weisen, wollen Sie?"

Diesem Wunsche nachzukommen, ging Leonie

durch das Zimmer, und wollte eben Lisette ru=
fen, als sie gegen des Fremden Toilettenschachtel.
stieß, welche ohne ihr Wissen auf den Tisch ge=
stellt worden. Sie fiel auf den Boden dicht ne=
ben Leonie, ohne sie indessen zu berühren; aber
der Fremde, welcher sie fallen sah und wol
dächte, sie noch auffangen zu können, ehe sie ihr
Schaden zufügte, sprang vom Stuhle auf und
ging rüstig nach dem Orte. Herr Suberville
und sie, gleich erstaunt und erfreut über einen
Beweis von Artigkeit, der mit seinem podagri=
stischen Ansehen und seinen derben Manieren
sich so wenig vertrug, sahen ihn verwundert an,
aber waren sehr betrübt, ihn wieder niedersin=
ken zu sehen, als hätte er sein Bein viel zu
sehr angestrengt, während eben diese Anstren=
gung jeden Tropfen seines Blutes in sein blei=
ches Gesicht getrieben hatte. Ihm schien es
nicht recht, daß man ihn beobachte; er war ver=
drießlich, daß seine Schwäche so offenkundig ge=
worden, und indem er auf Leonie's besorgte
Frage, ob er sich auch keinen Schaden gethan,
nur kurz geantwortet hatte: „Nichts, nichts, —

nichts gar nichts, nur nicht so viel Lärm da,
rum," humpelte er, von der ganzen Gesell,
schaft begleitet, die Treppe hinauf. Man hatte
Alles angewandt, sein Wohnzimmer angenehm
zu machen; er schien ganz zufrieden damit und
die Gesellschaft verließ das Zimmer, völlig über,
zeugt, er sey das vollkommenste Exemplar des
John Bull, im Ganzen aber doch mehr zufrie,
den als unzufrieden mit ihm.

Leonie fühlte bald die außerordentlichen Fort,
schritte in der Englischen Aussprache, die sie durch
ihn machte. Sie hatte sogleich bemerkt, daß diesel,
ben Worte, wenn sie der Fremde aussprach, durch,
aus anders klangen, als in Hippolyte's Munde.
„Nothing" war z. B. etwas ganz anderes als
„Noting," — „Sir" so durchaus verschieden
von „Saar," — „English" von „Eenglish"
u. s. w. daß es ihr ordentlich schien, als sey ihr
Ohr neu gestimmt worden. Das erste Ding,
worauf ihre Neugier fiel, war, des Fremden
Paß zu untersuchen, den Herr Suberville ihm
abgefordert hatte, um ihn selbst zu prüfen, und,
nach Vorschrift der Gesetze, innerhalb vier und

zwanzig Stunden auf die Mairie zu senden. Sie
sah darin nicht alleiu seinen Namen: „George
Wilson," und seine Größe: „fünf Fuß, zehn
und einen halben Zoll," und die Farbe seiner
Haut, sondern auch sein Alter, „er zählte
vier und vierzig Jahre." Dieses letzte item
überraschte sie, denn ihr schien er nicht völlig
so alt nach der flüchtigen und unvollkommenen
Prüfung, welche die Eile und seine Verhüllung
erlaubte; aber sie war sehr erfreut, als er „ge=
bürtig aus London" genannt wurde, indem sie
in den gewöhnlichen Irrthum der Franzosen ver=
fallen war, daß London wie Paris die vollkom=
menste Schule für die Aussprache sey, und we=
nig davon wußte, daß ein schnarrender und lis=
pelnder Londner Stutzer eben so ausspreche, wie
ein Irischer Bauer und Torfstecher.

Während Herr Suberville die Empfehlungs=
briefe des Banquiers und eines Handlungshau=
ses durchlas, deffen Unterzeichnung ihm sehr wohl
bekannt waren, beschäftigte sich Leonie mit Vor=
bereitungen zum Mittagstisch, indem der Fremde,
(oder, wie ich ihn jetzt nennen muß) Herr Wil=

son den Wunsch geäußert hatte, auf seinem Zimmer zu speisen, und sich nach den Beschwer= den der Reise auszuruhen. Der Tag verstrich sehr ruhig, außer daß der neue Einwohner bis zum Abende in seinem Zimmer auf und abging und häufig an's Fenster trat, mit dem Fernrohr die Landschaft musternd, welches alles Leonie'en überzeugte, er besitze, bei seinen scharfen schwar= zen Augen, auch einen verständigen und prüfenden Geist. Sie war schon entschlossen ihm gut zu seyn, trotz ihres ersten Vorurtheils, denn sie hoffte aus einem dauernden Verkehr mit ihm großen Vortheil zu ziehen.

So ungefähr um die Schummerzeit kamen, ihrem Vorsatz getreu, Hippolyte und Alfred nach Le Vallon, und pflanzten sich, nachdem sie überzeugt waren, daß der Kostgänger ange= kommen, unter dessen Fenster auf, indem sie sich wohl seine Stube gemerkt hatten, und be= gannen zusammen ihr Lied zu singen:

De Englishman be von ver bad man etc.

Kaum hatten sie den ersten Vers beendet, als der neue Ankömmling an das offene Fenster

11 *

trat, erſt eine Weile zuhorchte, und dann ſehr
ernſt auf die Ruheſtörer blickend, den Fenſter=
flügel zubrückte und fortging. Letzteres that auch
Alfred und De Chouſleur; ſie traten in's Haus
und erklärten Leonie, es läge etwas ſo befehlen=
des in den Blicken des Fremden, daß ſie ſich
durchaus unfähig fühlten, ſeinen Blick länger
zu ertragen, oder in ihrem Geſange fortzufah=
ren. Schon früh beurlaubten ſie ſich diesmal,
und Leonie ging zu Bette, ihre Gedanken ganz
erfüllt mit dem häßlich ausſehenden und ernſt
blickenden neuen Ankömmling.

Am Morgen brachte ihr Liſette ein niedliches
Billet von Herrn Wilſon, mit derſelben fatalen
Hand wie der Brief geſchrieben, worin er ſie
erſuchte, ihn doch gefälligſt auf einem Spazier=
gang durch den Garten nach dem Frühſtück,
das er ſich in ſeinem Zimmer erbitte, begleiten
zu wollen. Gern willigte ſie ein, und um zwölf
Uhr ungefähr hörte ſie ihn mit Liſetten die
Treppen herunterhumpeln, ebenſo wie den Tag
zuvor eingehüllt, obgleich die Sonne ſo klar und
hell ſchien Leonie hatte bei dieſer Gelegenheit

weit mehr Sorgfalt auf ihre Toilette verwandt,
als am Tage vorher, und als sie heraus und
ihrem humpelndem Bekannten entgegentrat, schien
sie so viel schöner als gestern, in ihrem netten
Cambray-Musselinkleide, mit dem leichten Gaze-
tüchu, leicht um ihren Nacken geknüpft, und
mit ihrem reichen goldenen Haare im Sonnen-
strahl, der den Flur erhellte, daß Herr Wilson
zurückfuhr, als er sie zuerst erblickte; er richtete grade solchen Blick auf sie, wie am vorigen Tage, als der süße Ton ihrer Stimme ihm
in's Herz zu bringen schien. Leonie erröthete
jetzt wie damals, aber sie that ihr Möglichstes
über ihre Verwirrung Herr zu werden, und bot
dem Invaliden ihren Arm. Er nahm ihn an
und lehnte sich eine Weile darauf, aber als sie
in den Garten gingen, wechselte er, unwillkührlich wie es schien, die Lage, zog ihn sanft über
den seinigen und stützte sich bei seinen leisen
Bewegungen nunmehr ganz allein auf seinen
Stock. So fuhren sie fort, die langen Alleen
auf und ab zu gehen, auf der Terrasse hin und
her, indem sie sich dann und wann auf den

Bänken niedersetzten, bis, zu Leonie's äußerstem
Erstaunen, Lisette kam ihnen anzukündigen, daß
innerhalb einer Stunde es Speisezeit wäre.
Sie waren volle drei Stunden auf ihrem Spa-
zirgange gewesen. Leonie wußte nicht worüber
sie mehr erstaunt seyn sollte, über den reissenden
Fortschritt der Zeit oder die rüstigen Bewegungen ihres Gesellschafters, dessen Lebhaftigkeit ihn,
trotz seiner körperlichen Schwäche und der nothwendigen Ermüdung, aufrecht zu erhalten schien.
Er hatte mit gleichem Vergnügen gesprochen und
ihr zugehört (so schien es ihr wenigstens), und
sie hatte gewiß niemals mit Jemand gesprochen und Jemand zugehört mit halb dem Vergnügen wie jetzt. Sie war entzückt, das Englische zu hören, wie er es zu ihr sprach, mit einer
so deutlichen, festen Betonung, und, Wunder
über Wunder! mit solcher Zartheit — denn er
schien gar nicht mehr derselbe, der er gestern gewesen. Dann war auch so sehr viel richtiger
Sinn und Verstand in Allem, was er sprach,
und seine Augen glänzten so sanft! Alles dies

zusammen genommen, dachte unsere Heldin, sey doch wenigstens etwas sehr Außerordentliches.

Herr Wilson zog sich in sein Zimmer zurück, sich zum Mittag zurecht zu machen, und als er am Tische erschien, war er wieder so steif und einsylbig als je. „Das Podagra,“ dachte Leonie, „wird sich ebenso seines Gemüthes, wie seiner Knöchel bemeistert haben, und er ist ärgerlich auf mich, daß ich ihn habe so weit gehen lassen.“ Aber am nächsten Morgen ging Alles wieder grade eben so. Sie spazirten wiederum und noch weiter bis zum Mittagessen, denn Lisette war genöthigt, sie zwei Mal zu rufen, ehe sie wieder in's Haus traten. Am dritten Tage stand die Suppe wirklich schon auf dem Tische, als sie eintraten, und so ging es vierzehn Tage fort.

Die vortheilhafte Veränderung, welche mit Herrn Wilson in dieser kurzen Zeit vorgegangen, war gar nicht zu verkennen. Leonie schien größere Wunder bewirkt zu haben, als das Eau Médicinale, und ihr Patient (denn der war er) erklärte, er wäre ein neuer Mann geworden. Er begann einige seiner Watten und Hüllen

nach gerade abzuwerfen, und seine Gestalt schien
allmählig sich zu erheben, und an Festigkeit zu
gewinnen, ja auch sein Gesicht gewann bei nä=
herer Bekanntschaft, und wäre nicht die schreck=
lich gelbe Farbe, das wilde struppige Haar und
die buschigen Augenbrauen gewesen, hätte sie
ihn immer für einen erträglich hübschen Mann
halten mögen. Herr Suberville und seine Frau
waren beide sehr erfreut, Leonie so wol zufrie=
den mit dem Gaste zu finden, und wünschten
sich Glück, daß er von mittlerm Alter und ein
Podagrist war. So konnten sie ohne Gefahr
Beide ruhig beisammen lassen, und Herr Su=
berville folgte ungehindert dem Vergnügen der
Jagd, während Madame volle Zeit hatte, ih=
ren Andachtsübungen obzuliegen, statt ihre Toch=
ter zu bewachen, wie dies doch nöthig gewesen
wäre, wenn der Fremde ein Mann war, der
ihrem Herzen und damit auch ihrem Glücke ge=
fährlich werden konnte.

Aber ein solches Argumentiren konnte unsern
Hippolyte weder trösten noch beruhigen. Er sah
die Dinge in einem ganz verschiedenen Lichte.

Mit dem erſten Tage, wo er in Herrn Wilſons Geſellſchaft geſpeiſ't hatte, wurde er nicht ſo wol durch ſeinen feſten und ſtolzen Blick zurückge= ſcheucht, als er ſich bewußt war, daß der Fremde ſchon tödtlich von Leonie's Blicken ver= wundet worden. Liebe öffnet unter Folterqualen die Augen. Es gibt wenige Geheimniſſe, die mit dem geliebten Gegenſtande in einiger Ver= bindung ſtehen, welche die Leidenſchaft nicht ihren Opfern zeigte. Alle Hinderniſſe verſchwin= den, und das Auge wird ſo ſcharf wie es nie= mals geweſen; — alle dieſe Qualen empfand De Choufleur jetzt. Er blickte auf dieſen ver= witterten, grimmig blickenden Fremden zugleich mit Schrecken und Haß, und „George Wilſon, gebürtig aus London" mit ſeinen dunklen Wan= gen und grünen Brillen, ſchien dem unglücklichen Chevalier zuſammengeſetzt aus dem „grünäugi= gen Ungeheuer," (dem Neide), das ſich in ſein Herz einfraß, und der grüne=gelben Melancholie, die ſeinen Geiſt folterte. Ihm entgingen die Fortſchritte nicht, und als er, Tag um Tag, die wachſende Innigkeit zwiſchen Leonie und dem

von ihm selbst heraufbeschworenen Nebenbuhler
bemerkte, glaubte er vergehen zu müssen. Nie
konnte er auch nur eine Sylbe in Gegenwart
dieser fürchterlichen Person äußern, wenn er zu-
fällig eines Abends eintrat, oder auf eine Einladung zu Mittag kam. Wilson verrieth gleich-
falls ein großes Mißbehagen, wenn er ihn sah,
und dörrte ihn beinahe durch seine Blicke zusammen. Kam Hippolyte unversehens des Morgens, so kuckte er ganz gewiß durch die Gar-
tenhecken, und eben so gewiß erblickte er Leonie mit ihrem neuen alten Freunde Arm in
Arm ، spaziren gehen. Oft sah sich der arme
Teufel von der Neugier gedrungen, zwischen
Hecken und Lauben zu kriechen, und auf die Unterhaltung zu lauschen, bis ihn die Furcht am
Rockzipfel zurückzuziehen schien. Was die eigentliche Nebenbuhlerschaft mit dem scheußlichen Zwi-
schenläufer betraf, so fürchtete sie Hippolyte keinen Augenblick, wenn er nur offenes Spiel gewinnen könne. Denn es war augenscheinlich, daß
Leonie dem Andern Freiheiten erlaubte, auf die
seine kühnsten Hoffnungen bisher nicht gerichtet

waren. Sie hing an dem Arme dieses Engländers, ließ ihn ihre Hand in seine nehmen, und außer, wenn er, Hippolyte, zuweilen an ihrer andern Seite ging, stöhnend und seufzend, und sich auch heran drängend, sah dieser nichts, was auf eine ähnliche Lage zwischen beiden Bewerbern hätte schließen lassen.

Doch schien er mit einem Male ganz erschöpft, seine Munterkeit schien todt und schon begraben; sein Stolz dahin, sein Herz gebrochen, und fast hätte er wie ein Hoffnungsloser ausgesehen, aber so ganz war er es doch noch nicht. Zitternd überrechnete er (in den Augenblicken, wo sein weichender Muth noch einmal aufloderte) welchen tiefen Eindruck er auf Leonie müsse gemacht haben; er traute viel Madame's guten Diensten, seinen persönlichen Vorzügen über Wilson, seinem Titel Chevalier und dem Bande an seinem Knopfloch. So sah er, Woche um Woche, die Dinge ihren Gang gehen, mit einer Art verzweiflungsvoller Geduld; und nur die fürchterliche Vorstellung, daß seine Furcht begründet sey, und er eine abschlägliche Antwort bekäme,

─────

hielten ihn noch zurück, seine Eifersucht zu beken=
nen, und die Entscheidung mit einem Male her=
beizuführen, indem er geradezu um Leonie anhielt.
Dann beschwor ihm auch seine Phantasie alle=
mal das Pferdegelächter Alfred's und Faußeco=
pie's teuflisches Grinsen herauf, und seine eigene
klägliche Erscheinung für den Fall, daß ihm das
Haus untersagt würde. Er schrak daher vor
dem Schritte zurück, der seinen gegenwärtigen
verhältnißmäßig glücklichen Zustand in offenbares
Mißgeschick verwandelt hätte.

Aber es gab noch ein kleineres Unglück, wel=
ches sich dem großen zugesellte. Alfred, Hippoly=
te's früherer kecker Freund, wie Hyppolyte wenig=
stens dachte, und der Helfershelfer in der Verfol=
gung des Engländers, außerdem des unglücklichen
Chevaliers Schüler in Schmähreden und Liedern,
der alte Feind John Bulls, war offenbar zum
Feinde übergegangen! Seit dem ersten Tage
von Wilsons Ankunft hatte Alfred alle seine
Plane zu Feindseligkeiten aufgegeben, und ein
seltsames, gegenseitiges Wohlgefallen schien zwi=
schen beiden ihrem Aeußern nach so ganz ver=

schiedenen Wesen eingetretten zu seyn.. Wilson, der ein warmes Verlangen ausgedrückt, sich wenigstens etwas mit der Französischen Sprache bekannt zu machen, hatte sich an Alfred gewandt, ihm Unterricht zu geben. Diese Bitte war durch Leonie's Vermittelung erfolgt, gegen die er sich erklärt hatte, er wolle sich vor ihr durch seine Versuche in einer neuen Sgrache nicht lächerlich machen. Alfred willigte gern ein, und Wilson war so eifrig bei seinem Studium, daß zu Hippolyte's auffallendem und großem Mißvergnügen, sie beständig zusammen waren, wenn nicht Wilson bei Leonie war. Hippolyte hielt dies für eine schreckliche Qual und Langeweile in der Seele des feurigen Alfred, der keine Sylbe Englisch sprach, und in aller Welt am allerwenigsten geeignet war, einem Fremden seine eigene Sprache zu lehren.

Wiederum verstrich Woche um Woche, indem De Chousteur unter den Qualen der Erwartung erlag. Eine Kette umschlang ihn überall hemmend. Leonie sprach fast schon das Englische wie eine Engländerin, und Wilson hatte durch

ungemeine Anstrengung reißende Fortschritte im
Französischen gemacht. Konnte er sich doch
schon Herrn und Madame Suberville verständ-
lich machen, wenn er auch furchtbar dabei gegen die Grammatik sündigte, falsch declinirte
und die Geschlechter wie es sich grade fand
verwechselte. Alfred pflegte bei solcher Gelegenheiten in ein furchtbares Gelächter auszubrechen, Herr Suberville blieb so ernst wie es irgend anging, Leonie hielt sich aber kaum so ruhig und fest, wie sehr es sie auch kränkte, daß ihr
neuer Freund in einem lächerlichen Lichte erscheine.
Dieser aber wurde nie dadurch beleidigt, sondern
stimmte zuweilen selbst in das auf seine Kosten
erhobene Gelächter, mit kindischer Freude ein.

So mochten ungefähr vier Monate verstrichen seyn, und Leonie'en fehlten nur noch wenige
Wochen zur Vollendung ihres zwanzigsten Jahres, mit welchem ihr Gelübde ausging, als
Hippolyte sah, daß es endlich zu der lange auf-
geschobenen und so gefürchteten Krisis kommen
müsse. Mit der Schlauheit und dem scharfen
Gesichte, welches ihm die Leidenschaft verliehen,

hatte er ſchon ſeit einiger Zeit einen Hinterhalt gelegt, der ihm Madame Suberville's Unterſtützung
bei ſeiner bevorſtehenden Liebeserklärung und der
darauf folgenden Bewerbung verſchaffen ſollte.
Deshalb hatte er vorſichtig den Boden des Wohl-
gefallens unterminirt, den Wilſon ſchon in Madame Suberville's Meinung gewonnen zu haben
ſchien. Es iſt nicht nöthig, in alle Einzelheiten
einzugehen von dem, was Monſieur Hippolyte
deshalb vornahm, wie er dunkle Winke über die
Abſichten des Fremden hinwarf; wie er die Vor-
urtheile der Zuhörerin gegen die Engländer nährte,
wobei er denn vor Allem heraushob, daß Wilſon ein Ketzer war; wie er künſtlich das Ge-
ſpräch darauf lenkte, daß er ſehr innig mit
Leonie vertraut ſcheine, wobei ein Heer von
Schrecken in der Seele der armen alten Dame
aufſtieg, was er denn wieder beſchwichtigte, indem er ſeinen innigen Wunſch ausdrückte, Leonie
möchte einen Gatten erhalten, der ihre Verdienſte
erkenne, und einen, deſſen Rang und Ausſichten
im eigenen Vaterlande ihr eine glückliche Zukunft verſprächen.

So war Alles vorbereitet. Er brachte ganze Morgen damit zu, der Madame Suberville's Gefühle so zu kneten und zu bearbeiten, daß sie mit voller Gunst seine Vorschläge anhören möge — und endlich trug er sie auf die beste Weise vor. Kaum hatte er sich erklärt, als die alte Frau ihm um den Hals fiel, vor Freude vergehend: „Ach Gott, ach Gott! Das ist es ja, was ich immer wünschte — das ist mein glücklichster Tag — ach St. Ursula sey gelobt! — Oh mein Sohn, mein Sohn!" so rief sie.

O meine theure Madame, rief Hippolyte (indem er ihre dicke Person so weit umfaltete, als seine Arme reichten). O wenn ich doch hoffen dürfte, Sie meine theure Mama zu nennen.

„Sagen Sie so, sagen Sie so!" rief sie weinend, „und machen Sie meine alten Tage glücklich!"

O dann, theure, gute Mama, geben Sie mir, geben Sie uns Ihren Segen," rief Hippolyte, sich auf eines seiner Kniee herablassend.

„Gott und die heilige Ursula segne Euch Beide, meine Kinder!" stammelte die faselnde alte Frau, als kniete Leonie neben ihm, und sie umarmten sich Beide, murmelten und blubberten zusammen, bis Herr Suberville, angezogen durch die seltsam kläglichen Töne, aus dem Nebenzimmer hereintrat.

„Um's Himmelswillen, was gibt es hier, meine Theure?" fragte er, indem er in seines Weibes Kammer trat. „Monsieur De Cheufleur, in Gottesnamen, was machen Sie da?"

O nichts Unrechtes, nichts Sträfliches, mein theurer Herr, erwiederte Hippolyte bewegt und aufgeregt. Dringe kein Argwohn in Ihr Herz gegen dieses treue und unschätzbare Weib."

„Argwohn gegen mein altes Weib, Sie Holzkopf! Was Teufel meinen Sie? — Antwort und sogleich!"

Diesem Befehle nachzukommen war Hippolyte unmöglich. Er war allzusehr über diesen ersten Unfall, den seine Bewerbung traf, erschreckt, und er konnte nichts, als bleich und zitternd dastehen, und, halb fußfällig sich auf die Brust schlagend, ausrufen: „'S ist hier! 's ist hier! 's ist hier!"

v.   12

Das Amt der Aufklärung fiel auf Madame, und sie entlastete sich desselben ruhig und gesammelt genug. Nachdem der erste Ausbruch des frommen Enthusiasmus vorüber war, konnte sie nicht allein Hippolyte's Antrag hererzählen, sondern auch auf sehr lichtvolle Weise ihre eigenen Ansichten von der Wichtigkeit des Schrittes und die Gründe aufzuzählen, die sie bestimmten den Antrag zu unterstützen. Herr Suberville horchte aufmerksam und ruhig zu, und wurde in seinen Gedanken nur durch Hippolyte unterbrochen, der, von einer Pause in Madame Suberville's Rede Vortheil ziehend, ihn offen und dringend ersuchte, ihm nicht sein Haus zu verbieten, denn seine Hoffnungen waren schon weit unter Null gesunken, und er gab bereits Alles verloren. „Ihnen das Haus verbieten?" rief Herr Suberville, indem er ihm die Hand entgegenstreckte, „im Gegentheil können Sie hier bleiben und mit uns essen, wenn es Ihnen gefällig ist."

O großmüthiger Mann! rief Hippolyte, indem er die Hand mit erneutem Entzücken küßte. Dann flog er über die Dielen, ergriff seinen

Hut, rauschte an die Thür, drehte sich wie ein
Kreisel für einen Augenblick, stellte sich in die
dritte Position, klappte mit der Hand an die
Brust, machte seine beste Verbeugung, und flog
aus dem Zimmer hinaus,

Als er gegangen, erwog Herr Suberville
sehr lange und ernstlich, was ihm von seiner
Frau mitgetheilt worden. Eine unangenehme
Empfindung überlief ihn bei der bloßen ersten
Erwähnung, daß De Chousleur Leonie's Gatte
werden solle. Er hatte schon lange seine thörige
und abgeschmackte Neigung bemerkt; aber der
Gedanke, daß er sie heirathen könne, kam ihm
nie in den Sinn; jedoch hatte er eben sehr ru=
hig die pro's und contra's zu erwägen angefan=
gen, als Hippolyte seine klägliche Supplik ein=
legte, welche mit der Einladung zum Mittags=
essen erwiedert ward. Die Berathung endete
damit, daß er sich entschloß, alles Leonie's Ent=
scheidung zu überlassen, ein Plan, der durchaus
nicht mit seines Weibes Ansichten von Ehean=
gelegenheiten stimmte.

Bei Tische betrug sich Hippolyte ganz in
12 *

der Art wie Hans Pudding bei den Marionet-
tenspielern, oder wie eine Flasche Normännischen Ciders nachdem der Pfropfen herausge-
flogen. Er hustete und grinzte und floß über,
und war ganz Gesticulation, Grimasse und
Schauen. Alfred, Wilson und Leonie glaubten,
er sey wahnsinnig geworden, und die Letztere
wurde ganz in dieser Meinung bestätigt, als
Hippolyte im Augenblick, wo sie aus der Stube
ging, um etwas Eingemachtes zum Dessert zu
holen, ihr nachsprang, sie auf dem Flur bei
beiden Händen faßte, vor ihr auf's Knie nie-
derstürzte (ohne an die Nanquinhosen zu denken!) und nun mit wahnsinniger Hastigkeit ein
halb Dutzend Mal fragte: „Wollen Sie mein
Weib werden, liebenswürdige Leonie? liebenswürdige Leonie, wollen Sie Mein werden?"

Seine furienartige Miene erschreckte die arme
Leonie, während es sie wirklich schmerzte, wie er
sie heftig gefaßt hielt, und dadurch aller Freiheit
beraubte, daß sie sich fast ohnmächtig und zum
Umsinken fühlte. Hippolyte, der dies alles den
übermächtigen, durch seine Glut entflammten

Gefühlen zuschrieb, glaubte, er habe nichts an=
deres zu thun, als sie in seine Armee aufzufan=
gen, und sie mit Küssen beinahe zu ersticken.
Er fing sie wirklich auf, und wollte eben den
Rest dieser Ceremonie ausführen, als Leonie
seine Absicht bemerkend, laut aufschrie und mit
ihm rang. Sogleich stürzten Herr Suberville,
Alfred und Wilson aus dem Eßzimmer vor,
jedoch grade in entgegengesetzter Ordnung, als ich
sie hier genannt habe. Wilson sprang in die
Halle mit der Lebendigkeit eines rasenden Tigers,
und sobald er sah, wie die Sachen standen, um=
faßte er Leonie mit seinem linken Arm, er=
griff mit der ganzen Kraft des andern den er=
staunten Chevalier beim Kragen und schleuderte
ihn die Halle entlang. Hippolyte flog nun, die
Arme ausgebreitet, wie ein Schiff mit vollen
Segeln, bis seine flachen Hände und die Stirn
mit der gegenüberstehenden Mauer in Berüh=
rung kamen, von wo er wieder mehrere Schritte
zurückprallte und dann niederfiel. Aber schneller
als er niedergefallen, sprang er wieder auf, und
indem er seine Hände über der Stirn faltete,

(auf der sogleich eine große Beule sich von selbst
Luft gemacht hatte, groß genug um die ganze
Schule der Phrenologisten in Verwirrung zu sez-
zen) rannte er zum Hause hinaus über den
Grasplatz, von da dem Garten zu, immer
schreiend: „Hülfe! Mörder! Diebe! Diebe!
Mörder! Hülfe!"

Alfred folgte ihm, um ihn zur Ruhe zu
bringen; er aber, im festen Glauben, der wü-
thende Wilson sey hinter ihm, verdoppelte seine
Eil, indem er kläglich winselte, und stellte neue
verschiedene Versuche an, über die hohe und
dicke Hecke des Lustgartens zu springen oder sich
einen Weg hindurchzubrechen. Er blieb durchaus taub gegen das Geschrei und Gelächter,
unter dem Alfred beinahe erstickte; und zuletzt
that er einen fürchterlichen Sprung in einen
Busch Stechpalmen, wo sein freundlicher Verfolger ihn faßte. Während Alfred nach seinen
zappelnden Beinen griff, plumpte Hippolyte
immer tiefer in die Hecke, so daß Alfred nur
mit großer Mühe und halbtodt vor Lachen ihn
herausziehen konnte. Heraus kriegte er ihn denn

doch zuletzt, aber noch immer sträubte er sich
und flehte um Gnade, und bot mit seinen zer‑
riſſenen Kleidern und dem von den ſpißigen Dor‑
nen ganz zerſeßten Geſichte das allerkläglichſte
Schauſpiel dar. Nach vieler Mühe gelang es
denn doch Alfred, ihm zu beweiſen, daß er noch
geſund ſey, und er führte den Zitternden und
Schlotternden nach dem Hauſe, welches er jedoch
nur durch die kleine, nach Madame Suberville's
Zimmer führende Hintertreppe betreten wollte.

Hier gab es eine Scene der fürchterlichſten
Verwirrung. Madame Suberville war, als ſie den
Vorgang gehört, aus dem Eßzimmer voller Angſt
für Leonie und Hippolyte herausgekommen. Der
Leßtere war grade entſchlüpft, als ſie das
Schlachtfeld betrat, aber ſie hörte ſein Geſchrei,
und ſah ihre Tochter an der Bruſt des ſchänd‑
lichen Keßers. Das war für Madame ein
zu fürchterliches Schauſpiel; ſie ſtürzte ſich in
hyſteriſchem Anfall auf einen Stuhl und rief
laut nach Liſetten, ihren Gatten und nach
der heiligen Urſula! Die beiden Erſteren flogen
augenblicklich zu ihrem Beiſtande herbei und un‑

terſtützten die alte Dame, ſie die Treppe hinauf-
zuführen. Als Leonie ſich von ihrem Schrecken
erholt hatte, folgte ſie ihnen an Wilſons Arm,
und als ſie ſich verſichert hielt, daß Madame Suberville ihren erſten Schrecken (dem laute Ver-
wünſchungen gegen Wiſon folgten) überwunden,
bewog ein Gemiſch ſo wunderbarer Gefühle,
daß Leonie ſelbſt ſich keine Rechenſchaft darüber
zu geben vermochte, ſie, dem Zuge nachzugeben,
durch welchen er ſie wieder aus dem Zimmer fort,
und, die kleine Treppe hinunter, nach dem Garten führte. Als ſie hinabſtiegen, beſchwichtigte
er mit der ſüßeſten Sprache ihre aufgeregten
Geiſter, und wurde bei jeder Stufe wärmer
und zarter, als ſie grade im Augenblick, wo
Beide unten ankamen, Alfred gewahrten, wie
er in die Thüre trat und den jämmerlich zer-
ſetzten, niedergebeugten, geiſterbleichen Kopf
des Chevaliers, mit der einen Hand ihm unter
das Kinn greifend, ſtützte, während die andere ſeinen Leib umſchlang. Bei Wilſon's Anblick brach
De Choufleur in einen Schrei des Entſetzens
aus, riß ſich in convulſiviſcher Eil von Alfred

los, und verſuchte ihnen zu entſchlüpfen. Alfred hielt ihn beim Zipfel ſeines himmelblauen Ber= kanrockes; aber Naht und Zeug riß ſogleich bei'm erſten Ruck durch und durch, und es blieb ein gutes Stück in Alfred's Händen, während Hip= polyte, ſo mit Gewalt von ſeinem Kabeltau los= ſchießend, willenlos eine Strecke fortrutſchte, bis er der Länge lang .in ein großes Ciderfaß fiel, welches, halb mit Waſſer angefüllt, im Hofe ſtand.

Während er ſich wieder hinausarbeitete, trie= fend und ſchreiend, wie ein Kind bei dem kläg= lichen Anblick, und Alfred, noch einmal von ſei= ner Lieblingsneigung — dem Lachen — faſt er= ſtickt, daſtand, eilten Wilſon und Leonie, deren Gefühle einen Grad der Aufregung erreicht hat= ten, welche wenig mit dieſem Poſſenſpiele ſtimmte, nach dem Garten. Den nächſten Auftritt in Madame Suberville's Zimmer, als Hippolyte ſich ihr dort vorſtellte, und, nachdem er nur ein kleinwenig durch ihre Tröſtungen und Aufmun= terungen zu ſich gekommen, ſeinen Entſchluß kund that, Leonie und ihrem ketzeriſchen Gefähr=

ten nachzuschleichen, ihre Bewegungen zu bewachen, und auf ihre geheime Unterhaltung zu horchen, übergehen wir. Der Chevalier setzte alles dieses in's Werk, während Herr Suberville seine betrübte Ehegattin tröstete und Alfred sich fortstahl, Niemand wußte wohin. Was aber der Erfolg von De Choufleur's Unternehmen gewesen, soll in einem andern Kapitel erzählt werden.

Zehntes Kapitel.

Wenn ich meinen Lesern ein sehr schlechtes Compliment, was ihre Aufmerksamkeit betrifft, machen wollte, würde ich vielleicht eine oder zwei Seiten damit füllen, ihnen summarisch zu recapituliren, wie die Vertraulichkeit zwischen unserer Heldin und Wilson, während vier Monaten zugenommen. Aber bedarf es für den Scharfsichtigen auch nur eines Paragraphen,

ihm die Folgen zu enthüllen, oder genügt ein
ganzer Band sie dem Beschränkten klar zu machen? Wenigen brauche ich wol zu sagen, daß
Wilson und Leonie Liebende waren. Die em-
pfänglichen (und gewiß die glückseligen) Gemüther,
die schon in ähnlicher Lage gewesen, können sich
wol denken, was die Liebe in dem Herzen eines
Mannes begonnen, der vier Wochen, oder gar
vier Monate, in fortdauerndem Verkehr mit
einem so schönen und liebenswürdigen Mädchen
verbracht hat. Sie können sich eben so gut die
Schwierigkeit vorstellen, wenn ein empfänglicher
Sinn den beständigen Angriffen eines glühenden
und leidenschaftlichen Bewerbers, der nicht geradezu häßlich ist, und noch nicht gar zu weit
in Jahren vorgerückt, widerstehen soll. Umsonst reden einige Theoretiker von den allmähli-
gen Fortschritten der Neigung und Leidenschaft;
die Eingeweihten wissen, daß das Herz im Moment und durch Ueberraschung gewonnen wird.
So verhielt es sich auch durchaus bei uns, und
als Leonie ernstlich ihr Herz zu befragen anfing,
und über die Beschaffenheit des Angriffs und

die Mittel der Vertheidigung nachdachte, fand
sie, daß es schon längst im Besitz des Bestür-
menden gewesen. Sie ertrug den Verlust mit
der Sorglosigkeit der Jugend, und schüttelte ihre
Ketten mit dem Feuer des Enthusiasmus, denn
Enthusiasten sind immer die bereitwilligsten Sklaven. Sie erhob ihren Eroberer zu einem Idol
und verehrte ihn innig, trotz seiner gelben
Haut, seinen struppigen Haaren, seinen über-
hängenden Brauen, seinen Podagrabeinen und
der grünen Brille. Bei seinen Gefühlen brauchen wir wol nicht erst zu verweilen. Er liebte,
das ist genug für Die, welche den Sinn dieses
Wortes begreifen, und für diese schreibe ich ja.
Er hatte indessen noch nicht wirklich gesagt: „ich
liebe Dich," denn er kannte (so gut wie meine
Leser) die selige Lust des Zauderns, ehe das offene Geständniß herausbricht, — die Wonne
sein Geheimniß ahnen zu lassen, ehe es aufgenommen wird, — das wollüstige Hinbrüten, wo die
Augen sprechen, während die Zunge noch stumm
ist. Er kannte alles dies, und noch weit mehr
von jenen Gefühlen, welche den Liebhaber zum

Stillestehen bewegen, als befände er sich in der
Mitte eines bezauberten Kreises, den er aus
Ehrfurcht und Verehrung vor dem Geist, welchen
er heraufzubeschwören im Begriff steht, zu durch=
brechen zaudert. Aber Wilson hatte auch noch
andere Gründe zum Schweigen.

Endlich war der Moment gekommen. Die stür=
mischen Gefühle, hervorgerufen durch diesen wir=
ren Tag, brachten die Krisis herbei, wie ja
lange genährte Gefühle so oft durch einen unvor=
hergesehenen Zufall herausbrechen. Als er den
Garten mit Leonie durchschritt, bewegt und auf=
merksam, einen Arm um ihren Leib geschlungen,
den seine Finger berührten, ohne doch zu wagen,
ihn zu pressen, und mit der einen Hand fest
doch sanft die ihrige drückend, brach er hervor
mit der reißenden, leidenschaftlichen Rede, die
sein Geheimniß ganz enthüllte. Sie hörte ihn
erröthend, zagend, zitternd, schweigend an, wäh=
rend ihr Haupt zu schwimmen schien, und sie
mit einem so leichten Tritt dahinschwebte, daß
sie weniger auf der Erde als in der Luft sich
zu bewegen glaubte. Ein offenes Liebesgeständ=

niß, welches lange zu Tage gelegen, ehe es ausgesprochen wird, wäre, sollte man denken, das
Geschäft weniger Worte, und diese wären kurz,
und verständen sich von selbst. Aber ich, und
meine Leser und Wilson, möchten uns dadurch
nur als Ununterrichtete ausweisen. Im Gegentheil könnten wir lange bei den Wiederho-
lungen und Pausen verweilen, bei den Paren-
thesen und Abwechselungen, den Blicken, Seufzern und dem Zaudern, welches das offene Geständniß begleitet. Aber alles dies überlassen
wir der Einbildungskraft Derer, welche noch
nichts Aehnliches erfahren haben, und der Erinnerung Derer, bei denen dies der Fall ist; und
ich bitte nur beide Classen von Lesern, ihre ganze
Aufmerksamkeit der Gestalt des Herrn Chevalier De Choufleur zu schenken, wie er auf
Händen und Füßen dicht hinter der beschnitte-
nen Hecke fortkriecht, welche Wilson's und Leonie's Baumgang von dem Küchengarten trennte.

Als De Choufleur auf krummen Wegen hier
anlangte, und in dem Kohlbeete Posto gefaßt,
war Wilson in seiner Erklärung schon sehr weit

fortgeſchritten, und Hippolyte konnte, als Jener
mehr warm und belebt wurde, zuweilen ſein Ge=
ſicht ſehen, das von einer Gluth durchdrungen
ſchien, die ſelbſt über das Gelb der Wangen
ſiegte, und ſie, wie die Abendſonne das Herbſt=
laub eines Buchenhains, färbte. Leonie war
einmal hochroth, und dann wieder bleich. Ihre
Augen glänzten, und waren dann wieder voll
Thränen. Die Lippen ſtanden offen, als ließen -
die Seufzer, welche in kurzer und ſchneller Folge
herausbrachen, nicht Zeit ſie zu ſchließen. De
Chouſleur hörte und ſah genug, und um ſein
Elend voll zu machen, hörte er deutlich die fol=
genden Worte, und ſah die ſie begleitenden
Geſten.

„So haben Sie gehört, gefühlt meine Wor=
te — Sie verſtehen meine Gefühle — Sie er=
lauben mir, Sie zu lieben. O ſprechen Sie ja,
meine Leonie."

Ich habe ja ſchon geſprochen.

„Und Sie können mich wieder lieben? Sie
erwiedern nichts?"

Brauche ich noch zu ſprechen?

Hier drückten sich Wilson's Lippen auf Leonie's Hand, und nichts erreichte Hippolyte's Ohr mehrere Minuten hindurch, als ein verwirrtes Gemurmel, mit tiefen Seufzern vermischt.

Sie gingen weiter, und näherten sich wieder dem Chevalier. Er steckte den Kopf noch tiefer in die Hecke und erweiterte die Oeffnung, durch welche er blickte. Als sie herankamen, hörte er Wilson wiederum:

„Sie können mich lieben! Wie, mich — Leonie! Sehen Sie auf mich — alt, schwach — verwittert, wie ich bin. Können Sie?"

Sie erschienen mir niemals alt — ich weiß nicht, wie es kommt, aber Sie scheinen mir immer nur halb so alt, als Sie sind.

„Was, mit diesen verschrumpften podagristischen Beinen?"

Aber Sie gehen so sicher, und sind bei manchen Gelegenheiten so behende. (De Chousleur fuhr zurück.)

„Aber diese Brille?"

Hindert nicht, daß Ihre Blicke zuweilen

darüber und darunter wegschießen, beides zugleich. (Hippolyte verging.)

„Und diese dunkelgelbe Haut, Leonie?"

O könnten Sie nur sehen, wie jetzt das glü= hende Lebensroth hindurchbricht!

„Trotz alle dem also können Sie mich lieben? O sagen Sie ja, Leonie. Sprechen Sie das einzige Wörtlein aus, das noch an meinem Glücke fehlt; bestätigen Sie meine Hoffnungen, und lassen Sie mich Ihnen beweisen, daß Sie Ihr Herz nicht weggeworfen haben, als Almosen für das Alter, für Ungesundheit und Häßlichkeit."

Hier hielten sie inne, und Hippolyte streckte abermals, athemlos vor Staunen, seinen Kopf vor. Leonie blickte, halb Lust, halb Furcht, auf Wilson, und murmelte sanft: Ich liebe Sie, wer oder was Sie auch sind.

„So ist mein Triumph, mein Glück vollen= det!" rief Wilson im Entzücken, und indem er auf einen Augenblick Leonie'n losließ, die sprach= und bewegungslos dastand, riß er die podagristi= schen Hüllen seiner Beine los, welche so lange das schönste Ebenmaaß seines Körpers verstellt

v.   13

hatten. Hippolyte wandte einen Augenblick seine
Augen zurück auf seine eigenen Waden, richtete sie
dann aber wieder verzweiflungsvoll auf die von
Wilson. „Fort dann diese Verkleidung,“ rief Wil:
son (indem er die Stiefletten bei Seite schleu:
derte), und diese armseligen Doppelaugen (er
warf die Brille nieder), und dies — und dies —
und dies“ — bei jedem solchen Ausruf flog et:
was, erst der Bart, dann die Augenbrauen,
zuletzt die Perücke ab. „Ach könnte ich auch
jetzt mit einem Male die häßlichen Flecken ab:
waschen, welche so lange die wahre Farbe dieses
Gesichtes entstellt, und das tiefe Arbeiten eines
Herzens verborgen haben, das gänzlich Ihnen
gehört. Theuerste Leonie, erschrecken Sie nicht.
— Konnten Sie mich vorher lieben, als Sie
glaubten, ich sey was ich schien, so kann ich
Ihnen unmöglich jetzt weniger angenehm seyn,
wo ich, wie ich wirklich bin, vor Ihnen stehe.
Ließ sich ein Vierziger ertragen, kann man einen
Dreiundzwanziger doch leidlich finden? — Wie,
sprechen Sie kein Wort? — Weßhalb blicken

Sie so unverwandt vor sich hin? Erschrecken
Sie vor mir?"

Der letzte Ton sprengte die Rinde ihrer Brust,
sie brach aus in eine Fluth von Freudenthränen,
blickte einen Augenblick oder zwei (als geschähe
es, um ihre Zweifel zu entfernen) auf seine glän=
zenden Augen, seine gewölbten Brauen, sein
kurzes lockiges braunes Haar, seine glatten Wan=
gen, ja, ich glaube sogar, ein Halbviertel Blick
fiel unwillkührlich auf seine stattlichen Beine,
und dann, wie nun ganz gewiß ihres Mannes,
flog sie in seine offenen Arme, und schien, als
wäre ihr Herz von Kummer aufgelöst, statt von
Entzücken erfüllt zu seyn.

Nachdem auf diese Art eine gute Weile ver=
strichen war, während welcher sich De Chousleur
in einem gewissermaßen sehr unbehaglichen Zu=
stande befand, sowohl was Körper als Geist an=
langt, ließ Wilson allmählig von Leonie los, und
setzte sie, ohne daß sie darum bat, in Freiheit.
„Jetzt, meine süße Leonie," sprach er, „müssen
wir einen Augenblick uns trennen. Gehen Sie
in's Haus, treten Sie vor das würdige, alte

13 *

Ehepaar drinnen, und sagen Sie ihnen, was hier vorging. Ich komme sogleich nach."

Guter Gott, das wage ich nicht.

„O Sie müssen, Sie müssen, — es muß gesagt werden, — und am besten geschieht es durch Ihren Mund."

Aber was, was könnte ich denn sagen?

„Sagen Sie nichts. Zeigen Sie sich den Würdigen nur mit diesem glühenden Gesichte, diesen strömenden Augen, diesen lächelnden Lippen. Ist ihr Geist nicht erfroren, ihr Gedächtniß nicht dahin, kannten sie je, was es heißt, lieben, Liebe aussprechen und das Geständniß der Liebe hören, — werden sie auch verstehen und vergeben. Gehen Sie hin, mein theuerstes Leben — ich komme Ihnen gleich nach."

Leonie, instinctmäßig dem weisen Gesetze der Natur folgend, gehorchte. Als sie langsam nach dem Hause zu ging, raffte Wilson hastig die fortgeworfenen Hüllen auf, und während er sie in sein Schnupftuch zusammenband, war De Choufleur, der durch Leonie's Abgang sich ganz seinem Schicksal preisgegeben fühlte, entschlossen, aus der Nachbarschaft der schrecklichen Rivalen sich auf und davon zu machen. Er kroch daher schnell an der Hecke entlang, indem er verschiedene Zerstörungen an den Kohl-Steckrüben und Pastinak-Beeten sich zu Schulden kommen ließ, und als er endlich aus diesem Territorium von Vegetabilien loskam mit seinen Nanquinhosen und der stattlichen Weste, sah er einem omelette aux fines herbes nicht unähnlich. Sein erster Drang, nachdem das ganze Meer seines Mißgeschicks sich in Etwas verwandelt, das einem festen Vorsatze ähnlich schien, war, zu Alfred zu fliehen, und ihm Alles wieder zu erzählen, was er gesehen und gehört, nicht zweifelnd, die Enthüllung eines solchen Verraths und solcher Schändlichkeit müsse Alfred's vollen Unwillen aufregen, und ihn dahin bringen, sich ganz zu Wilson's Untergang mit ihm zu vereinigen.

Von dieser Hoffnung erfüllt eilte er nach einem kleinen Gebüsch, durch welches er auf verstecktem Wege in's Haus gelangen wollte, als er Alfred erblickte, der, gleich ihm, auf der Lauer gelegen zu haben schien und nun schnell nach

der Allee zuschritt, wo Wilson noch immer ver-
weilte. Hippolyte hütete sich, laut zu rufen,
damit der blutige Engländer nicht noch einmal
auf ihn losfahren, und ihn in Stücke zerreißen
könne. Als er nun einen Apfel auflangte, um
damit Alfred einen sanften Wink zu geben, daß
er sich zu ihm umdrehen möchte, war er über
alles frühere Erstaunen erstaunt, indem er
plötzlich ihn und Wilson in einer herzlichen Um-
armung zusammen fand. Die Umwandelung
des Letztern schien Jenem nichts Neues, und
hätte Hippolyte nur einen Augenblick an der
traurigen Thatsache zweifeln können, daß Alfred
schon lange in sein Geheimniß eingeweiht gewesen, und daß er ein Erzbetrüger sey, so wurde
es jetzt nur allzuklar, als Wilson ihm laut, mit
unbegrenzter Lust und in trefflichem Französisch
erzählte, daß das Geständniß über den Lippen,
die Verkleidung abgeworfen, und er der glück-
lichste aller Menschen sey. Alfred hörte dies
mit allen Zeichen der Theilnahme und warmer
Freundschaft an, während Hippolyte, halb wahnsinnig über diese Anhäufung seines Elends, kei-

nen andern Troſt hatte, als, ſo ſchnell er konnte,
zu Fauſſecopie zu rennen, und vollſtändig alles
auszuſchütten, was auf ihm laſtete, in dieſes
allezeit für jedes Geheimniß, was nur irgend wie
zu ſeinem eigenen Vortheil konnte verwandt werden, geöffnete Ohr.

Hippolyte hatte kaum den Garten verlaſſen,
als Herr Suberville, von Leonie, nach der er
geſucht, begleitet, ſich dem Orte näherte, wo nach
ihrem athemloſen Berichte Wilſon geblieben war.
Sie hatte keine Zeit gehabt, auch wenn ihr nicht
der Muth dazu abgegangen wäre, die Verwand-
lung des Mannes zu erzählen, welcher, ohne
daß ſie es auszuſprechen brauchte, ihr Geliebter
ſeyn mußte. Herr Suberville nahm daher ſeinen Hut ab, und machte eine leiſe Verbeugung,
indem er zugleich verwundert vor ſich hin blickte,
als er Alfred an der Hand eines jungen Mannes, den er für einen Fremden hielt, herankom-
men ſah. Wilſon enttäuſchte ihn jedoch bald,
und um ihm alle Zweifel über ſeine Identität
zu benehmen, band er das Schnupftuch los,
und zeigte ihm ſeinen ganzen Maskeradenanzug.

Herr Suberville, der nun, trotz des fließenden
Französisch und der jugendlichen Beredsamkeit
seines Styls, allmälig seinen Gast erkannte,
wollte nichts davon wissen, und forderte in kurzem, festen Tone eine umständliche Erklärung
seiner Beweggründe, seiner Absichten und seiner
Lage. Darauf antwortete der Andere mit großer
Sanftmuth, indem er bekannte, daß ihn Umstände zu einer Kriegslist gezwungen, die, seinem
Gefühl nach, durchaus nothwendig gewesen wäre,
um den Gegenstand seiner Liebe ganz kennen zu
lernen. Er erklärte, von Leonie's Schönheit
und ihren Tugenden gehört zu haben, und daß
er, entschlossen, selbst zu sehen und zu urtheilen,
die günstige Gelegenheit, die ihm Herrn Suberville's Bekanntmachung anbot, ergriffen habe.
Er stellte sich jetzt selbst bestimmt als Liebhaber
vor, und schwor, in halb heftiger, halb entschie-
dener Stimme, es solle ihn kein Hinderniß von
ihr trennen. Herrn Suberville's Forderung,
seine Familie, seine Verbindungen zu nennen,
und den Stand seines Vermögens anzugeben,
lehnte er ab, indem er angab, daß gebieterische

Umstände ihn vor der Hand von weiteren Er,
öffnungen abhielten. Diese Hindernisse allein
hätten ein früheres Bekenntniß seiner Gefühle
aufgehalten, denn er wisse, daß, wenn sie zu
Tage kämen, er nicht mit Anstand länger unter
einem Dache mit Der leben könne, die er leider
nicht sogleich als Gattin heimführen dürfe.

Die arme Leonie fing hier an bleich zu wer,
den; als aber Wilson's scharfer Blick ihre Auf,
regung bemerkte, beruhigte er sie schnell durch
die heiligsten Betheuerungen gegen Herrn Su,
berville von seiner Ehre, seiner Offenheit und
seiner Treue. Er berief sich deshalb ganz auf
Alfred, welcher, unter dem Versprechen des Schwei,
gens bis zu einer gewissen Zeit, sein ganzes Ver,
trauen besitze. Alfred versicherte, er wäre Alles,
was man aufrichtig, ehrenwerth und wacker
nenne; und Leonie gewann dadurch wieder so
viel Kraft, um mit guter Haltung die Cere,
monie des Abschiedes zu bestehen, welcher ihr
doch beinahe das Herz zerriß. Sie fühlte sich
so verwirrt, daß sie erst, nachdem Wilson in
Alfred's Gesellschaft eine volle Stunde fort war,

Zeit gewann, den trüben Gedanken und Be-
fürchtungen nachzuhängen, welche glücklicherweise
in einem Thränenausbruch ihren Trost finden. In
Wilson's Wesen, als er Abschied nahm, lag indessen etwas von Vertrauen und Zuneigung,
welches sie wieder völlig tröstete, und sie würde
ihr Leben auf Alfred's Treue gesetzt haben. Sie
sah deshalb mit ziemlicher Fassung beide junge
Männer in einem gemietheten Gig fortfahren,
und Herr Suberville zeigte seiner Frau in ge-
wohnter ruhiger Weise Vorfälle an, zu denen
ihm selbst noch der eigentliche Schlüssel fehlte.
Madam Suberville sprach ihre Ueberzeugung
geradezu aus, daß Wilson ein abenteuernder
Bösewicht sey, dessen Absicht keine andere gewesen, als Leonie'n zu ruiniren und das Haus zu
berauben, und sie gab deshalb Lisetten ganz besondere Anweisungen, die Gabeln und Löffel zu
zählen, und sorgfältig alle Fenster zu verriegeln
und unter die Betten zu sehen, ehe sie selbst in
ihres stiege.

François Faussecopie war von Natur eben
nicht zum Lachen geneigt, er grinzte und lächelte

zuweilen; aber — so weit ich meine Quelle ver-
bürgen kann — einmal hat er laut aufgelacht,
und das war, als er De Choufleur's Gestalt in
seine Wohnung treten sah, nachdem dieser auf
oben bemeldete Weise aus Herrn Suberville's
Garten entkommen war. Faussecopie lachte gewiß aus vollem Herzen, und war gar sehr erstaunt, als er sich im Besitz einer bisher ihm
nicht bekannten Eigenschaft fand. Hippolyte war
im Gegentheil an jenem Abend ganz Hingebung.
Anstrengung und Aufregung hatten gemacht, daß
der Schweiß aus jeder Pore floß, und überdies
weinte er bitterlich. Mit weniger Umschreibung,
und so präcis er konnte, beschrieb er den reißenden Fortgang der Dinge von seiner vormittägi-
gen Erklärung gegen Madam Suberville an, bis
zu der eigentlichen Periode der Erzählung. Er
forderte von Faussecopie zuerst Rache, dann Rath.
Faussecopie versprach ihm eines und das andere,
sobald er nähere Erkundigung über die Sache
werde eingezogen haben. Hippolyte war gegen
jede Verzögerung, und forderte summarischen Proceß; er deutete auf seine Beulen und Schram-

men, als lebendige Zeugen des erlittenen Unrechts, und rief alle schlummernde Kraft des Adjuncten auf zur Rache für die Manen seines hinge= opferten Rockes, der Weste und Hosen, deren unseliger Untergang die Folge des ruchlosen auf ihn gemachten Angriffs gewesen.

Fauffecopie bemerkte, es wäre doch ein selt= samer Umstand, daß Alfred ihn eine Stunde zuvor besucht, und Wilson's Paß, visirt nach Paris, geholt habe; und bei dieser unerwarteten Neuigkeit fühlte De Choufleur augenblicklich, daß die Hoffnung auf Rache ihm aus den Händen gegangen, da er nicht zweifelte, daß der Schurke entflohen sey. Seine Befürchtung wurde nur zu bald bei seiner Rückkehr nach Le Wallon be= stätigt; wie groß nun auch seine Täuschung hin= sichts der vereitelten Hoffnung auf Rache seyn mochte, wurde er doch reichlich durch das Gefühl entschädigt, daß er vor weiterer Gefahr sicher sey, und ungehindert wüthen und toben könne. Augenblicklich trompetete er durch alle drei Dör= fer die Geschichte von seiner Rencontre mit dem fortgelaufenen Engländer, welcher, zufolge seiner

Uebersetzung der Geschichte, nach einem verrätherischen Anfall der vorgedachten Rache entflohen
war, und den Preis ihres Streites, Leonie, als
Lohn für Galanterie und treue Neigung zurückgelassen. Nachdem er so den Weg gebahnt, damit seine Geschichte bekannt werde, bereitete er auch
eine Erzählung der Vorfälle zu, um sie in eines
der Pariser Journale einrücken zu lassen, in
welchem „Georg Wilson, gebürtig aus London,“
als ein Betrüger, Meuchelmörder, Schurke, nebst
anderen guten Beinamen, mit aller Delicatesse
der Französischen Sprache und des Charakters
unsers Chevaliers, denuncirt wurde. Diese ganz
entstellte Scandalgeschichte erschien zu ihrer Zeit,
und wurde ebenfalls zu ihrer Zeit genau beant-
wortet, wie man dies aus der Folge ersehen
wird.

Während De Choufleur auf diese Weise Blitze
der Rache schmiedete, beschäftigte sich Faussecopie
mit wesentlicheren Dingen. Er hegte schon lange
einen ernsten Groll gegen Herrn Suberville, der
ihn fortwährend mit Hochmuth und Verachtung
behandelt hatte, trotz seiner wenig verdienten

Erhebung. Auch in Glautte's Seele war der tiefe Haß noch nicht beschwichtigt, welcher so fest in der Brust aller Derer wurzelt, die Freundschaft mit Verrath erwiedern, und Wohlthaten mit Beleidigungen vergolten haben. Oft hatten sie Beide sich über die Mittel im Geheimen besprochen, dem Gegenstande ihres Hasses eine Kränkung zuzufügen; aber sie hatten zu viel Furcht, da ihnen wohl bekannt war, wie hoch er in der Meinung der Leute von allen Partheien und Ansichten stehe, daß sie bisher es nicht gewagt, eine Verläumdung gegen ihn auszustreuen, oder einen Pfeil gegen seinen Ruf und seinen Frieden zu spitzen. Jetzt indessen schien sich Faussecopie eine schöne Aussicht zu öffnen, ihm ernste Unbehaglichkeit und unangenehme Verwickelungen zu bereiten. Als der Schelm Faussecopie Glautte'n die Sache in diesem Lichte sehen ließ, rollte der Doctor die Augen und schmatzte mit den Lippen, als wäre ihm der Duft irgend eines Lieblingsgerichtes vor die Nase gekommen.

Faussecopie setzte sich sogleich nieder, um eine Reihe von Anschuldigungen gegen Herrn Su-

berville niederzuschreiben, welche sich alle auf den
Umstand basirten, daß er einen Fremden in seinem Hause beherbergt habe, welcher, nachdem
er Monate lang verborgen geblieben, sich als ein
verkleideter Betrüger zu erkennen gegeben, und
sein Versteck damit beschlossen habe, daß er einen
wilden und verrätherischen Anfall auf die Person eines ausgezeichneten Royalisten, des Chevalier De Chousleur, gemacht, demnächst aber entflohen sey, und zwar in Gesellschaft eines noto-
rischen Buonapartisten, eines gewissen Alfred Suberville, eines Neffen des Angeschuldigten, die
sammt und sonders ohne Zweifel in ein verrä-
therisches Complott verwickelt wären. Dies waren die Fundamente der Anschuldigung, mit aller
casuistischen Kunst, deren Faussecopie Meister
war, zusammengetragen und gepreßt; und sie
wurden zu den höheren Behörden befördert, mit
dem Antrag, dem Doctor Glautte und seinem
Gehülfen volle Macht zu ertheilen, diese Sache
bis auf den Grund zu untersuchen; wobei der
Anfang damit gemacht werden möchte, daß man
Herrn Suberville unter surveillance setze. Auch

wurde im Wege des Postscripts hinzugefügt,
wie man nach dem Namen des Betrügers nicht
zweifeln könne, daß er ein Verwandter des no-
torischen: „Sir Wilson" sey, welcher mit seinen
Gefährten „Sir Hutchinson" und „Sir Bruce"
ein so schändliches Spiel gespielt (nach der Meinung einiger weisen, und der Bourbonischen
Dynastie in der That wohlwollend zugethanen
Männer, zu deren Ehre und Ruhm) indem er
einem Mitmenschen, der sich vertrauensvoll seiner Großmuth übergeben, Schutz gewährt, statt
ihm die Hände zu binden, und ihn dem Henker
zu übergeben.

Dieser furchtbaren Anschuldigung noch mehr
Kraft zu geben, forderte Faussecopie De Choufleur's Unterschrift. Der arme Hippolyte wurde
bleich und zauderte, denn er kannte die Falsch-
heit, und fühlte eine ganz besondere Zuneigung
und Achtung für Herrn Suberville; wie er denn
auch nicht anders dachte, als daß ein solcher
Schritt ihn in Leonie's Meinung ganz herab-
setzen müsse. Alle diese ehrlichen Regungen wurden jedoch durch die Versicherungen seines Ora-

kels beschwichtigt, daß eine Verwickelung dieser Art, weit entfernt, allen seinen Wünschen und Aussichten einen Riegel vorzuschieben, Herrn Suberville vielmehr in seine Hand geben werde, denn, falls Leonie ihm abgeneigt wäre, müsse eine zeitige Drohung, durch seinen Einfluß ihren Vater zu ruiniren, oder ein wohlangebrachter Wink, wie es nur von ihm abhänge, ihn zu retten, ganz natürlich Wunder zu seinen Gunsten wirken.

„Her denn die Feder!" rief Hippolyte, überzeugt und entzückt, und er schrieb unten auf das Papier: Le Chevalier de Choufleur, und hinterher einen Schweif, den ich vergeblich nachzubilden mich bestreben würde.

Als dies einmal im Zuge war, wandte Hippolyte seine ganze Aufmerksamkeit darauf, sich wieder in Leonie's Gunst einzunisteln, und fing deshalb von Neuem seine Bewerbungen an. Aber er war ihr gänzlich verhaßt geworden, und wenn sie an die Befleckung dachte, die ihrer Wange von seinen lüsternen Lippen gedroht, schauderte sie entsetzt zurück. Er verließ sich zu-

v.   14

nächſt nun wieder auf Madame Suberville's
Freundſchaft, und empfing von ihr das Ver=
ſprechen ihres ganzen Beiſtandes und alle Auf=
munterung in ſeiner Bewerbung zu verharren.
Er ſondirte Herrn Suberville's Geſinnungen,
und erhielt von ihm die ſehr kalte und ruhige
Verſicherung, daß er Leonie gegen ihren Willen
niemals zwingen werde, daß dieſe aber ent=
ſchloſſen ſey, ſeine Anträge zu verwerfen, und
daß er ihn deßhalb erſuchen müſſe, ganz von Le
Vallon fortzubleiben. Dies brachte ihn in Ver=
zweiflung und Wuth, und er beſtand darauf,
ſein Schickſal aus Leonie's eigenem Munde zu
hören. Herr Suberville hatte dagegen nichts
einzuwenden, und er rief ſie, um De Chouſleur
gefällig zu ſeyn, damit ſie mit ihrem eigenen
Munde ſein Urtheil beſiegele. Sie kam daher,
und ungerührt durch ſeine Bewegung und ſeine
Anerbietungen, und eben ſo wenig von ſeinen
Drohungen geſchreckt, machte ſie mit einem Male
allen ſeinen Bewerbungen ein Ende, indem ſie
ihm laut und deutlich befahl, ſie für immer zu
verlaſſen; dann entfernte ſie ſich ſelbſt aus dem

Zimmer. Herr Suberville begleitete sie, und
Hippolyte ging aus dem Hause, indem er die
Thüre so hinter sich zuwarf, daß sie fast aus
ihren Angeln fiel, und Madame Suberville oben
beinahe aus ihrem Lehnstuhle gefallen wäre.

Die Anschuldigung gegen Herrn Suberville
und seine muthmaßliche Verbindung mit dem
sehr gefürchteten „Sir Wilson" und dessen
Freunden, machte der Französischen Regierung
nicht geringes Kopfbrechen. Dem Maire und
seinem Adjunct wurden die ausgedehntesten Voll-
machten ertheilt, die Maaßregeln zu ergreifen,
die ihre Klugheit für angemessen hielte, der
Sache auf den Grund zu kommen; so wie auch
die Polizei gemessene Befehle erhielt, nach dem
entlaufenen Betrüger und seinem Gefährten Alfred zu suchen. Auf Faussecopie's dringendes
Verlangen wurden demnächst Befehle erlassen,
Herrn Suberville zu arretiren, seine Papiere
zu prüfen, und andere strenge Maaßregeln zu
ergreifen, wie sie der Augenblick eingeben würde.
Er wurde auch wirklich von seinem ehemaligen
Schreiber unter Beistand eines Trupps jener

14 *

militärischen Polizei verhaftet, die zu gleicher
Zeit den besten Schutz für die Person ab-
gibt, und das sicherste Mittel ist, den Geist
eines jeden Volkes zu entwürdigen, welches dieses entehrenden Schutzes genießt. Herr Suberville wurde in das Gefängniß des Hauptorts
abgeführt, alle seine Papiere wurden versiegelt
und ich überlasse es meinen Lesern, sich die Be-
trübniß vorzustellen, die sich seiner Gattin und
Leonie's bemächtigte, welche Letztere, als der einzige Trost für Jene, zurückbleiben mußte.

Als Herr Suberville in geheimes Verwahr-
sam gebracht worden, war ihm jeder unmittelbare
Verkehr mit seiner Familie, oder den wenigen
Freunden untersagt, welche ihre eigene Sicherheit
soweit aufs Spiel setzen wollten, um ihn zu sehen. Leonie blieb über einen Monat in aller
Angst und Erwartung über seine Lage, und
ohne auch nur ein Wort von Wilson oder Alfred zu hören. Ihr einziger Trost war die treue
Lisette, die durch ihre Herzlichkeit und Theilnahme ihre Geister aufrecht erhielt, und die
jetzt in vollem Ernst keinen Abend versäumte,

Thüren und Fenster zu verriegeln, und unter die Betten zu blicken.

Während dieses Zwischenraumes war De Choufleur nicht müßig. Er machte tausend Versuche, Leonie zu sehen, aber ohne Glück. Lisette wollte ihm niemals unter irgend einem Vorwande erlauben, das Haus zu betreten, indem sie ihm und seinen feinen Kleidern drohte, wann er jemals erschiene, gewisse flüssige Substanzen aus einem der Fenster, wo sie immer zu seiner Begrüßung bereit stand, falls er nicht umkehren wollte, auf ihn hinabzugießen. Sein wahrer Muth erprobte sich bei dieser Gelegenheit, und er sah sich endlich, als zu seiner letzten Hoffnung, dahin gebracht, in einen von Faussecopie entworfenen Plan, Leonie ganz bestimmt in seine Gewalt zu bekommen, einzugehen.

Wie auch immer die verschiedenen Verdienste der Französischen und Englischen Jurisprudenz beschaffen seyn mögen, das Englische Recht hat eine Eigenthümlichkeit, welche entweder ein Vortheil ist, oder das Gegentheil davon, wie man es betrachten will. Ich rede von den Entschä-

digungsforderungen für gebrochene Eheverspre-
chungen. Dieses vielleicht wohlthätige, aber gewiß höchst unzarte Verfahren ist noch nie öffentlich in Frankreich anerkannt worden, und ich
vermuthe, es wär der proceßsüchtigen Normandie und dem Erzrabulisten Faussecopie vorbe-
halten, den Versuch zu machen, eine solche
Sitte, und sogar vermöge obrigkeitlicher Dazwi-
schenkunft, einzuschwärzen. Bei der fraglichen
Gelegenheit rieth er gradezu unserm Hippolyte,
gegen Leonie auf ein gebrochenes Eheversprechen zu klagen, oder wenigstens mit der Klage zu
drohen.

Nie gab es wol eine monströsere Idee, noch
war bei irgend einem Proceß weniger Wahrscheinlichkeit des Erfolges. Für's erste hatte Leonie ein solches Versprechen niemals gegeben;
zweitens, wäre dies auch geschehen, war sie
doch noch nicht in dem Alter, wo ein solches Versprechen gesetzliche Folgen hätte haben
können; drittens, existirten keine Beweise, daß
sie es gethan, und außer alle dem gab es, wie
schon gesagt, kein Gesetz in Frankreich, um ein

solches Verfahren zu rechtfertigen, mit Ausnahme jenes Vertrages, welcher den Namen
führt: marché au dédit, das heißt ein Versprechen mit einer Conventionalstrafe für den Fall
des Bruches. Von dieser juristischen Form
hat man zuweilen, glaube ich, bei Ehecontracten
Gebrauch gemacht, aber hier war ja nichts be-
dungen. Doch alle diese Hindernisse verschwanden vor der Normännischen Lust und Liebe zu
Processen, und vor der genialen Schurkerei und
frechen Kühnheit unseres Faussecopie, und Leonie wurde auf De Choufleur's Eingabe geladen,
vor dem würdigen Maire der Drei-Dörfer in
termino am 20 October 1816 zu erscheinen,
um Rede zu stehen auf die Klage des ehrenwerthen Chevaliers, hinsichts ihrer Weigerung,
seinen gerechten, von ihr gewährten Erwartungen
nachzukommen, so wie ihren Versprechungen,
seine Gattin zu werden.

Alle diese Vorbereitungen erhielten keinen ge-
ringen Stoß, durch den unerwarteten Befehl,
Herrn Suberville in Freiheit zu setzen. Der
Proceß wurde jedoch darum noch nicht unter-

drückt, denn der würdige Ermaire hatte selbst keinen geringen Anflug von Normännischem Geist, und er war gar nicht dagegen, daß Leonie vor Gericht die Klage beantworten solle, um bei dieser Gelegenheit ihre Verfolger zu Schanden zu machen. An ihrer Stelle antwortete er deshalb, daß sie dem Rufe folgen und erscheinen werde,

Ich übergehe hier die besonderen Umstände, welche Herrn Suberville's Befreiung herbeiführten (indem die ersten Schritte, welche sie bewirkten, später nachgeholt werden sollen) eben sowol als die Beschreibung der großen Freude, welche sie bei den Bewohnern von Le Vallon verursachte, den verzweifelnden Schlag auf Hippolyte's Herz, und wie Faussecopie's freche Schurkerei dadurch nur fester in sich wurde. Beinahe hätte dasselbe Ereigniß dem würdigen Doctor Glautte einen zweiten Schlagfluß zugezogen. Faussecopie hatte nicht im entferntesten an Herrn Suberville's Freiheit gedacht, als er das Decret erließ, dem zufolge Leonie auf De Choufleur's unsinnige Klage erscheinen solle. Seine Berech-

nung ging dahin, daß Furcht vor den Folgen
fie den Wünschen des Chevaliers näher bringen
werde, und es braucht wol nicht erst erwähnt
zu werden, daß er auch seinen eignen Vortheil
dabei vor Augen hatte. Er sah, daß Glautte
den Weg alles Fleisches ging, und er hatte
schon unter der Hand bei der Regierung Vorstellungen gemacht, die ihm den Weg bahnen
sollten, um sein Nachfolger zu werden. Hippolyte versprach seinen Beistand (welcher bei der
royalistischen Partei keinesweges gering war)
zur völligen Erreichung seiner Absicht, und
zwar als Preis für den glücklichen Erfolg.
Faussecopie, so angetrieben, war entschlossen zum
Ausdauern, und er glaubte noch immer, wenn
neue Unannehmlichkeiten Herrn Suberville in
den Weg gelegt würden, möchte doch am Ende
Leonie sich gedrängt fühlen, den Bitten Madame's und De Chousteur's Anliegen nachzugeben. Der Termin zum Verhör vor dem Maire
fiel grade auf den Tag nach jenem, an welchem
Leonie ihr zwanzigstes Jahr vollendet hatte.
An diesem Tage konnte sie, da nun ihr Gelübde

abgelaufen war, zum erſten Male ohne die Klei=
dung erſcheinen, welche jenes ihr aufgelegt, und
ſich weltlicher Luſt hingeben, und von weltlichen
Sorgen gedrückt werden.

Leonie war von dem Gedanken, öffentlich
vor dem Amte der Mairie zu erſcheinen, und
dort De Chouffeur in einer ſo unzarten Ange=
legenheit gegenüber zu ſtehen, nicht wenig ge=
ängſtigt, aber ſie beſaß von Natur einen ſtar=
ken Geiſt, und dieſer fühlte ſich jetzt noch ſtär=
ker durch das feſte Vertrauen, daß Wilſon für
ihre Sicherheit wache, und ſie gegen eine ſo eh=
renrührige Drohung ſchützen werde. Herr Su=
berville wartete mit Verlangen auf den Tag,
denn er war feſt entſchloſſen, es zum Proceß
kommen, und Glautte und Fauſſecopie in ſolchem
Lichte ſich darſtellen zu laſſen, daß ſie auf im=
mer ihre Geſichter verbergen müßten.

Ich hoffe, meine Leſer werden ſich indeſſen
gefragt haben: „Aber wo ſteckt der Autor.—
unſer reiſender Gentleman, der uns ſo ſeine
ganze lange Geſchichte aufzählt, ohne ein einzi=
ges Mal ſelbſt hereinzublicken? Wir möchten

nur wiſſen, was aus ihm geworden, und wo
er alle dieſe Umſtände eingeſammelt hat?"
Wohlan denn, geſagt ſey es, daß ich grade an
dem Tage, wo der Termin in Sachen Hippolyte versus Leonie anſtand, durch einen ſeltſa-
ſamen, und, ich kann mir nicht helfen, auch
glücklichen Zufall, nicht allein Zeuge, ſondern ge-
wiſſermaßen ſelbſt mitthätig wurde. Wie das
zuging, ſoll der Leſer ſogleich kurz und aufrichtig erfahren.

Elftes Kapitel.

Am Abende vor dem denkwürdigen 20. October 1816 war ich nach einem langen Tages-
marſch auf dem Gipfel jenes Hügels angekommen, deſſen beim Beginn unſrer Erzählung erwähnt worden. Wen nochmals nach der Beſchrei-
bung der Ausſicht verlangt, blättere gefälligſt in
den erſten zwölf Seiten nach. Er möge mit
mir hinabſchauen auf das anmuthige Thal mit
den Fabrikgebäuden, und mit mir durchträumen

alle die Betrachtungen über Landschaften, wo
der Gewerbfleiß oder noch die Natur vor-
herrscht, und ausschließlich ganz zu Gunsten der
letztern sich mit mir entscheiden.

Nachdem ich zur Genüge hinausgeschaut und
hinausgedacht, fing ich an, mit Freund Ranger
hinter mir, den kleinen Saumthierpfad, der wieder in's Thal führte, hinab zu steigen. Er
schlängelte sich so, daß nun der Weg viel länger;
aber bequemer für die Bauern wurde, welche
zum Markte kommen mit Getreide und Gärt-
nereien auf ihren kleinen Pferden und Eseln,
oder von da mit ihren Einkäufen heimkehren.
Ich trug eben sowol als die genannten Thiere
meine Last; denn ich hatte den Tag grade gutes Glück auf der Jagd gehabt, und führte,
außer Tornister und Flinte, einen Hasen und verschiedene Vögel in meiner Jagdtasche bei mir.
Dazu kam ein warmer Abend, wenigstens für
einen schwer beladenen Fußgänger, so daß ich
den Hügel ganz gemächlich hinabspazirte.

Bald war die Umgegend mir aus dem Gesicht verschwunden, und ich fand nichts umher,

worüber ich, wäre mir die Lust dazu angekommen, moralisiren können, bis auf die Bäume in aller Mannigfaltigkeit ihres herbstlichen Colorits. Einige hatten schon fast ganz ihr Laub verloren, während andere, troh des Wechsels der Jahreszeit, ihr Sommerkleid noch hartnäckig umbehielten. Sämmtliche breitblättrige Geschlechter, wie die Linden, die wilden Feigen- und Kastanienbäume, welche während des Sommers so üppig sich entfaltet, waren jetzt fast aller ihrer Hüllen beraubt, die nun, welk und kraus, unter meinen Füßen rauschten. Die rauheren Geschlechter hatten dagegen nur wenig von ihrer Bedeckung eingebüßt, denn die Buche und Rüster, die weniger hervorstachen, als der ganze Wald noch in seinem Sonntagsanzuge dastand, traten jetzt zu ihrem Vortheil, wenn auch nicht mehr üppig, doch anständig bekleidet, heraus. Auch hatte die Farbe ihrer Gewänder, wie von gröberen fester gewebten und stärker gefärbten Stoffen, wenig gewechselt. Pappeln, dürr und steif, als wären sie die Stuher des Waldes, hatten ihre letzte Decke verloren, und nur dürftige gelbe

Blätter hingen von ihren dünnen Zweigen herab.
Eine Erle am Wege war ein vollständiges Ske-
lett. Ihre Zweige zitterten, obgleich kein Hauch
die Luft bewegte, und auf dem höchsten davon
flatterte ein verlassenes Blatt, als verlange es
und arbeite dahin, vom Baume loszukommen;
und könnten wir uns nur den Baum selbst eben
so gut als unsterbliches wie als lebendiges Wesen denken, so möchte es als Symbol des letzten
lebendigen Funkens gelten, welcher ringt, seine
gebrechliche und hinsinkende Hülle zu verlassen.
Während der geneigte Leser sich hieraus die
Moral zieht, mag er sich vorstellen, daß ich den
Hügel hinabgestiegen, aus dem Walde herausge-
treten bin, und nun den Weg verfolge, der mich
längs dem Bächlein, gerade nach den Dörfern
führt.

Als ich so entlang schlenderte, hörte ich ein
Rauschen in den Zweigen über mir und Huf-
schläge mit Männerstimmen untermischt. Da
ich hinschaute, gewahrte ich durch eine lichte
Stelle des Waldes eine Anzahl berittener Gen-
darmen, die auf demselben von mir kaum ver-

lassenen Pfade hinter mir herkamen. Solche
kriegerische Beschützer des Friedens passen recht
gut zu einer Landschaft der oben erwähnten Art,
wo alles Betriebsamkeit und Gewerbfleiß ath-
met; für mich aber hatte diese Verbindung gar
nichts Angenehmes, und von Herzen wünschte
ich mich wieder unter die vulkanischen Trümmer
in Auvergne, oder unter die öde Größe der Py-
renäen. Diesen unbehaglichen Gefühlen nachgebend, schritt ich eher schneller als langsamer aus;
aber auch Jene, als hätte meine schnellere Bewegung den Verdacht gegen mich, der ich eben
nicht viel anders als wie ein Wilddieb aussehen
mochte, in ihnen bestärkt, beeilten sich, und setzten, als sie den ebenen Weg erreicht hatten, in
muntrem Trabe hinter mir drein, bis sie mich
eingeholt hatten. Als ihr Anführer, ein Offi-
zier, mich erreicht, brachte er sein Pferd in
Schritt und redete mich, nach einem besonders
scharfen Blicke, gebräuchlich wenn man einen
Dieb fangen will, und unter leichter Berührung
seines dreieckigen Hutes, folgendermaßen an:

„Sie sind Jäger, mein Herr?"

Ja, mein Herr.

„Ich bin es auch. Jagen ist ein lustiges Leben, wenn man es ehrlich treiben darf. Sie haben heut gutes Glück gehabt?" dabei wies er auf meine Jagdtasche.

I ja, es geht an.

„Darf ich fragen, wo Sie auf der Jagd waren?"

Wo ich irgend auf meinem Wege Erlaubniß erhalten konnte.

„Sind Sie heut weit gereis't?"

Ich komme von Brionne (eine Stadt die ungefähr fünfunddreißig [Engl.] Meilen entfernt liegt.)

„Diable! und zu Fuß?"

Ganz gewiß.

„Wahrhaftig, das ist zu viel bei allen guten Dingen. Ich gehe wol auch mitunter auf die Jagd, aber die Runde von ein Paar Meilen ist für mich vollkommen genug. Ist dies eine Englische Flinte?"

Allerdings!

„Erlauben Sie mir wol, sie ein wenig zu betrachten?"

Von Herzen gern.

Gesagt, gethan, ich übergab ihm meinen Joe Manton. Einen Augenblick prüfte er ihn mit augenscheinlicher Bewunderung und übergab ihn alsdann einem seiner vier Begleiter mit den Worten: „Da, hebe des Herrn Flinte gut auf — er muß müde seyn, da er sie einen ganzen Tagesmarsch getragen hat."

Während es geschah, dankte ich ihm für seine Höflichkeit und ließ mir eben so gern, auf des Officiers Vorschlag, von einem andern Gen= darmen meine Jagdtasche abladen und über sei= nen Sattel hängen. So erleichtert schritt ich rüstig zu, und da meine Eitelkeit durch des Of= ficiers Lob über meine Schnellfüßigkeit und daß ich so wenig ermüdet schiene, ein wenig aufge= regt worden, machte es mir auch kein geringes Vergnügen, als ich bemerkte, daß meine Reiter zu Pferde sich in einen gelinden Trab setzen mußten. Ich ließ den Officier sogar hinter mir, so lange er noch Schritt hielt, und da ich sah, daß hierauf zwei seiner Leute herantrabten und links und rechts mir zur Seite blieben, hielt

v.   15

——————

ich auch dies für Artigkeit. Die anderen Beiden
kamen dicht hinter mir drein, und dem Lieute=
nant entfuhren ein oder zwei sacre über sein
sperrbeiniges Pferd, ehe er mich einholte, um
wieder zu schwören, ich sey der beste Marcheur
den er jemals escortirt hätte. Während des
Plauderns, wobei sein offenes Wesen meine all=
gemeine Abneigung gegen Leute seiner Gattung
sehr verminderte, erreichten wir das erste der
drei Dörfer, und nun ward verabredet, ich solle
in's zweite gehen, wo wir in dem Wirthshause,
das er immer zu seinem Quartier erwählte,
und das, nach seiner Versicherung, das einzig
anständige in der Commune sey, zusammen
Abendbrot essen wollten.

Als wir in dieser Ordnung durch die kleine
Dorfstraße zogen, sah ich viel Volk aus den sehr
bewohnten Häusern herauskommen, und uns
neugierig nachblicken, und beim Wirthshause,
das sich durch ein heraushangendes Schild mit
einem grünen, rothen und gelben krähenden Hahne,
um den die Worte: „Le Réveille-matin" im
Cirkel geschrieben standen, auszeichnete, stand end=

lich eine auch für solchen Plaß große Menge
versammelt. Mancher Zuschauer zog Erkun-
digungen von den Gensd'armen, als sie ihre
Pferde in den Stall führten, ein, und mancher Blick traf mich und den Lieutenant, als
wir in's Haus gingen. Er trat mit mir in ein
kleines Hinterzimmer, das auf eine Art Garten
hinausführte, in welchem ich bereits einen seiner
Leute erblickte, der sorglos, den Säbel mit der
Scheide im Arm, darin auf und ab marschirte.
Ich konnte mich nicht enthalten, dem Officier
mein Erstaunen mitzutheilen, daß jener so schnell
sein Pferd verlassen habe; er entgegnete aber
mit sehr gleichgültiger Miene: — „Alles hat
seine Zeit — der Kerl ist ein Liebhaber von Blumen und sonst auch ein großer Müßiggänger."

Eine lose Disciplin! dachte ich, aber ich
dachte falsch. Als wir uns niedergesetzt, wünschte
mein Gesellschafter meinen Paß zu sehen. Er
meinte, das wäre zwar nur eine leere Förmlich-
keit, aber er hätte es mit einem verteufelt stren-
gen Kerl von Mairie-Adjuncten zu thun, und
die Stimmung gegen die Engländer wäre grade

15 *

jetzt bei den Communalbehörden eine sehr ungün=
stige. Ich gab ihm augenblicklich meinen Paß
und ebenso, auf sein Verlangen, meine Erlaubniß
Waffen zu führen. Dann bat er mich, ruhig zu
verweilen, während er das Essen bestelle, und
zur Mairie hinaufginge, dem Adjuncten meine
Papiere zu zeigen.

Kaum daß er hinausgetreten, machte ich mich
an meinen gewöhnlichen Zeitvertreib in solchen
Lagen. — Ich betrachtete nach der Reihe alle
die trefflichen Kupferstiche an der Wand, bis
ich mit jedem Gesichtszüge der verschiedenen Hei=
ligen, Marschälle, Prinzen und Verbrecher, die
insgesammt eine merkwürdige Familienähnlichkeit
hatten, wohl vertraut war. So kühn wie ir=
gend ein geübter Phrenologist prüfte ich die auf
dem Kamin stehende Gipsbüste Ludwig's XVIII.,
und als ich den Kranz künstlicher Rosen, von
Finger und Daum irgend eines Royalisten über
die Königliche Schläfe gewunden, fortgeschoben
hatte, wünschte ich mir nur so viel Kenntniß
von der Wissenschaft, um das Organ der Regie=
rungsweisheit herauszufinden, damit ich meinen

innigſten Wunſch, daß ·er ſein Land frei und glücklich mache, näher der Erfüllung ſähe. Was Spurzheim wirklich hier gefunden, oder doch ſich eingebildet hätte zu finden, weiß ich nicht; ich war aber kein Spurzheim.

Eine Viertelſtunde Beſchäftigung der Art mit den davon abhangenden Gedanken ließen mich inne werden, daß das Zimmer für mich nicht ge= räumig genug ſey. Müde der engen Mauern, verlangte mich nach Luft. Ich öffnete deshalb das ſechs Fuß über dem Garten angebrachte Fenſter, und war ſchon im Begriff hinunter zu ſpringen, als der Blumenliebhaber und Faullenzer von Gensd'arme mir mit der Hand zuwinkte, ich möchte es doch lieber ſeyn laſſen. Da ich das nicht verſtand, kam er näher, zog halb den Sä= bel aus der Scheide, und erſuchte mich höflichſt, ihn nicht in die Nothwendigkeit zu verſetzen, daß er ſeinen Säbel mir in den Leib ſtoßen müſſe. Schnell fuhr ich jetzt zurück, in der Vorausſez= zung, der Mann ſey betrunken; aber als ich die Thür öffnete, um meinen Ausgang auf regel= mäßigere Weiſe zu halten, ſah ich zu meinem

großen Erstaunen ein sechsfüßiges, mit starken
Knochen begabtes Gegenstück zu meinem Gar=
tennachbar draußen stehen. Das Schwert im
einen Arm, hielt er mir höflichst den andern
entgegen, mit der Bitte: „ihm doch den Gefal=
len zu erzeigen, mich wieder in das Zimmer zu=
rück zu bemühen, da ich ein Gefangener wäre.“
Ich that irgend einen Ausruf des Erstau=
nens — wiederholte, wie mich dünkt, sein letz=
tes Wort, aber er blieb standhaft, und ich trat,
ganz zu Rangers Zufriedenheit, zurück, der zu
denken schien, er sey genug den Tag marschirt.
Während ich meinen Unwillen wiederkäute, —
besser wäre es gewesen, ihn mit einem Male
hinunter zu schlucken — kam der Lieutenant zu=
rück, und so angelegentlich den Vorwürfen,
mit denen ich ihn überhäufen wollte, zuvor, in=
dem er so innig seinen Verdruß betheuerte, und
sein Mund von einem Strome von Entschuldi=
gungen überfloß — meine Hände drückte er im=
merwährend dabei in den seinigen — daß ich end=
lich all mein Recht, ärgerlich zu seyn, aufgab
und sogar Gefallen an meinem Gefährten fand,

als wir uns, frei von aller Gêne, zu einem Abendeſſen, wie es nur das Haus aufdringen konnte, niederſetzten.

Der Lieutenant ſagte mir, der Abjunct, Monſieur Fauſſecopie (den ich hier zum erſtenmal nennen hörte) habe Paß und Licenz ganz in Ordnung gefunden, und ich hätte völlige Freiheit, nächſten Morgen, wenn es in meinem Willen ſtände, mich auf den Weg zu machen. Dies ſolle gewiß geſchehen, verſicherte ich ihn, und wir trennten uns nach Beendigung des Abendeſſens, vnd zogen uns, Jeder gut auf den Andern geſtimmt, in unſere gegenſeitige Schlafkammer zurück.

Im Bette wurde ich noch geraume Zeit durch eine Geſellſchaft lärmender Burſchen wach erhalten, welche in einem Zimmer unter mir Cider und Brantwein tranken und höchſt geräuſchvoll zur Ehre eines eben vor den Aſſiſen in Rouen verfochtenen Rechtsſtreites ſchwatzten und ſangen. Dies iſt der größte aller Siege für einen Mann aus der Normandie; und ich glaube gewiß, daß Wilhelm der Erſte ſeine Eroberung Englands in

Vergleich mit einem gewonnenen Proceß, wenig,
stens wie sie heut zu Tage sind, für etwas sehr
geringes erachtet hätte. Daher verwunderte ich
mich auch gar nicht über die ungeheure Zahl von
Maaßen Cider und von Brantweinflaschen, die
alle zu Ehren des bemeldeten Ereignisses auszu,
stechen waren, — wie mir von der Magd in Holz,
schuhen und mit hochgesteifter Haube vertraut
ward, als sie mich in mein Zimmer führte, und
von mir den Betrag meiner Tagesrechnung
empfing, indem es nämlich mein ausgesprochener
Vorsatz war, morgen sehr früh in der Richtung
nach Dieppe und anderen interessanten Orten der
Nachbarschaft aufzubrechen. Nachdem ich mich
wenigstens zum zwanzigstenmal umgedreht, in
vergeblichen Versuchen mein Ohr vor dem Bac,
chanal unten zu verschließen, hörte ich endlich
die Thür von innen verriegeln und verrammeln,
und als die herausgeworfenen Gäste von dannen
zogen, lallte ein Kerl mit einer Zunge, von Prah,
lerei und Liquor gleich schwer: „Nun fort, geht
Ihr auch fort! denn ich will schlafen auf der
Streu im Stalle hier und träumen von des

Advokaten Dupré köstlichen Argumenten." Die Anderen lachten über seine erklärte Absicht, aber der Kerl bestand darauf, und als ihre Fußtritte verhallten, hörte ich ihn wirklich im Stroh raſcheln, als ob er sein Bett sich mache. Jetzt endlich verfiel ich in Schlaf, und erwachte erst, als Ranger um sechs Uhr Morgens mir die Hand leckte.

Wie glänzend standen die Bäume drunten im Garten gegen den blauen Hintergrund des Himmels, indem Laub und Zweig der schönsten Drahtarbeit glichen, und ein Morgenhauch über das Gras strich, geschwängert vom Dufte der letzten Jahresblüthen. Ich sah, daß dies gerade ein Morgen sey, wie für Ranger und mich gemacht, und es schien mir, als schnüffle er den Wind auf, der ihm den Geruch eines Völkchens Rebhühner oder einer Häsin bringe, die ihr warmes Lager noch nicht verlassen, um an ihrem thau⸗ benetzten Frühstück zu nagen. Alles war daher bald zum Aufbruch in Ordnung; wir stiegen schnell die Treppe hinab, öffneten die Straßen⸗ thür und gingen hinaus. Es gab kein vollen⸗

deteres Gemälde der Ruhe. Keine Seele schien
im ganzen Dörfchen wach, aus keinem Kamine
stieg eine Rauchsäule, und die Häuser von Holz
und Stein waren gleich leblos anzuschaun. Der
krähende Hahn über meiner Wirthshausthür
öffnete noch immer wie gestern Abend seinen
Schnabel; es geschah aber nur, den Auftritt in
der Wirklichkeit zu persifliren. Obwohl ich mein
Recht, aus vorgängigem Contract entstanden,
vollkommen inne hatte, nämlich das Haus seinem Schicksal zu überlassen, so war ich doch
bedacht, einigen Einwohnern von meinem Ab-
gange Nachricht zu geben. Ich ging deshalb in
den Hof. — Aber auch dort hatte der Genius
des Schlafs seine ruhigen Fittiche ausgebreitet.
Der rothäugige Kettenhund lag schnarchend in
seinem hölzernen Hause; die wirklichen Hähne
und Hennen standen noch auf ihren Stangen,
die Köpfe unter den Flügeln, und eine Gruppe
Gänse war in einem Winkel, einige liegend, einige auf einem Fuße stehend, andere auch auf
beiden, alle aber unbeweglich. Wenn Young

Recht hat, ward keines ihrer Augenlieder je „be=
netzt von einer Thräne."

Nachdem ich nun Alles, was mein Gewissen
mir befahl, gethan, wollte ich mich auf den
Weg machen, als ich, im Vorbeigehn vor der halb
offen stehenden Stallthüre, einen Ton vernahm,
der ganz mit dieser schläfrigen Scene harmonirte,
denn es war ein tiefgezogenes Schnarchen. Ich
dachte sogleich an den betrunkenen Kerl, der
mich so lange wach erhalten, und hielt es nicht
mehr als billig, ihn nun auch aus seinem Schlaf
zu wecken. Demgemäß öffnete ich die Thür
und sah ihn dort rücklings auf seiner Streu im
Stalle liegen. Ich weckte ihn auf und machte
ihm, nicht ohne Schwierigkeit meinen Wunsch
begreiflich, daß er etwas nach dem Hause sehen
möchte, bis die Familie wach wäre. Sobald er
mich verstanden, schwor er, „daß er nichts mit
dem Hause zu thun habe, und daß er durch
kein einziges Gesetz, das irgend vom Code Na=
poleon anerkannt wäre, gebunden sey, im Ei=
genthum eines andern Wache zu halten. Er
wolle nach Hause gehn, und würde sehr froh seyn,

mich begleiten zu können, wenn wir desselben Weges gingen."

Ich sah, daß der Kerl noch immer über und über betrunken war, und da er, wie er sagte, nur ein klein wenig von der Straße nach Dieppe ab wohnte, so hielt ich es fast für ein Werk der Wohlthätigkeit, ihn auf den Weg zu bringen. Aber bekennen muß ich, daß seine Versicherung, mich an einen Ort zu führen, wo ich zwei Volk Rebhühner antreffen würde, von nicht geringem Einfluß auf mich war.

Wir machten uns auf den Weg; kaum aber daß wir aus dem Dorfe waren, als alle Anzeichen der Trunkenheit und des Schlafes um so heftiger herausbrachen.

Er wurde todtenbleich und matt und so von Schlaf übermannt, daß ich mich gezwungen sah, ihn zu schleppen. Nur so viel Besinnung blieb ihm grade noch, auf einen kleinen Nebenweg zu weisen, welcher, wie er sagte, nach den Rebhühnern und seiner Wohnung führe, und in dieser Richtung half ich ihm fort. Eine ganze Stunde hatte uns nicht weiter als eine Englische Meile vom

Dorfe gebracht, und fast verzweifelte ich, den
Kerl weiter fortzuschaffen. Er war, was man
sagt, obstinat hülflos, aber ich ging auf dem
Fußpfade fort, bis wir in ein Gehölz kamen.
Nachdem ich eine lange Weile ihn gezogen, getragen
und gestoßen, verlor ich endlich auch die Geduld,
da ich sah, wie Ranger auf dem Felde neben uns
einen Spürlauf umsonst machte. Um nicht alle
Früchte zu verlieren, entschloß ich mich, meinen
Begleiter ganz sanft in einen Graben zu legen,
wo er ruhig liegen und ausschlafen könne, während ich nach den Rebhühnern ginge, bis ich
auf ein Haus oder einen Bauer stieße, dessen fernerer Sorgfalt ich ihn überantworten
könnte. Ich legte ihn daher hoch oben und
trocken in den Graben, und folgte alsdann Ran-
gern. Ein Pärchen schwirrte auf, ich feuerte
nach ihnen mit beiden Flintenläufen, fehlte aber
rechts und links. Fort flogen sie, und ihnen nach
ein großer Schwarm. Ich wollte Rache haben,
lud und verfolgte sie, kehrte aber zuvor noch einmal um, auf meinen schlafenden Freund zu blik-
ken, der ein schönes Bild ungestörter Ruhe darbot.

Die Landschaft öffnete sich nun in weite
Kornfelder, und rasch schritt ich über die Stop,
peln, indem ich mehrere Schüsse that. Endlich
sah ich eine Hütte, und näherte mich in dem
vorhin erwähnten Vorsatz der Thür, als ein
Mädchen den Kopf herausstreckte und ich ein
sehr niedliches Gesicht erkannte, das ich den
Abend zuvor im Gedränge um die Wirthshaus,
thür damals bemerkt hatte, als ich in Beglei,
tung der Gensd'armen, oder vielmehr in der
Gensd'armen Geleite, ankam. Kaum, daß sie
mich bemerkt, als sie ein lautes Geschrei aus,
stieß: „Der Gefangene, der Gefangene! Der
Engländer, der Engländer!" und schnell über
das Feld lief, begleitet von einem dummaussse,
henden, ungefähr sechzehnjährigen Burschen, mit
einer Mistgabel in den Händen. Da mir alles
dies nicht besonders gefiel, und es manche Verwir,
rung nach sich ziehen konnte, wenn ich einmal
unter den Landleuten hier als ein entsprungener
Verbrecher galt, machte ich mich augenblicklich
wieder auf den rechten Weg, und ging so schnell

ich konnte, ohne dadurch einen Verdacht zu
schwächen, der mich eben nicht schwer drückte.

Aber kaum nach Verlauf einer halben Stunde,
als ich aus dem Walde hinaus trat, fand ich mich
von nahe an funfzig Landleuten, Männern und
Weibern, angehalten, die fast aus der Erde erstanden schienen, meinen Weg zu unterbrechen.
Schon von weitem schrieen sie mich an, mich
zu ergeben, und als ich Miene machte, Widerstand zu leisten, bereiteten sie sich auf einen allgemeinen Angriff. Ich hielt es daher für gerathen, Unterhandlungen anzuknüpfen, und ich
versprach ihnen, ruhig nach den Drei-Dörfern
zurückzugehen, vorausgesetzt, daß keiner mir zu
nahe käme. Als dies zugestanden, traten wir
den Rückweg an, indem die Bauern fürchterliche
Verwünschungen gegen mich ausstießen, und
augenscheinlich nur aus Furcht vor dem Joe
Manton zurückgehalten wurden, mir Gewalt
anzuthun.

Bald stießen wir auch auf zwei Gensd'armen, die auf den ersten Allarm ausgeschickt worden. Unter schrecklichen Verfluchungen ward ich

ihnen übergeben, und zu meinem größten Erstaunen unterrichteten sie mich, statt mich zu befreien, daß ich angeklagt sey, einen Mann er-
mordet zu haben; dies war kein Anderer, als
der Vater des jungen Mädchens, welche zuerst
den Lärm angehoben, indem man denselben todt
in einem Graben gefunden, während ich doch
mit ihm vor ein Paar Stunden das Dorf ver-
lassend war gesehen worden. ·

Ich war in der That bei dieser Nachricht
sehr betroffen, und hätte mich nicht der Unwille
über eine solche Beschuldigung zurückgehalten,
ich hätte den in solcher Lage so natürlichen Gefühlen Luft gemacht. Aber ich unterdrückte Alles, was wie Schwäche erscheinen konnte, während ich die mir zunächst Stehenden sich äußern
hörte: „Der verhärtete Bösewicht!" „Der blut-
dürstige Hund!" u. s. w. Aber auch während
dieses Auftritts vergaßen die guten Leutchen keinen Augenblick ihre provinzielle Eigenthümlichkeit. Sie schwatzten nach Möglichkeit über die
Criminaljustiz und besprachen im voraus jede
Form der Anklage wider mich, mein Verhör und

meine Hinrichtung. Sie gelobten Alle für Einen,
als Zeugen zu kommen, und ein Veteran schlug,
um einen recht triftigen Beweis meiner Schuld
vorzubereiten, vor, ich solle mit dem Leich=
nam confrontirt werden. Einstimmig billigte
man dies, und da die Gensd'armen auch darein
willigten, schlugen wir den Fußpfad nach dem
Orte ein, wo der Körper noch so, wie er zuerst
aufgefunden worden, liegen sollte.

Als wir uns der Stelle näherten, wo ich
meinen unglücklichen Begleiter von so eben auf
seinem Gesichte im Graben liegen sah, ackte
es mich doch mit einem Male seltsam, und ich
fühlte mich nicht ganz gerechtfertigt, daß ich
das Leben eines Nebenmenschen eines Rebhüh=
nerpaars wegen auf's Spiel gesetzt — aber
der Gedanke kam zu spät.

„Jetzt bewacht ihn!" — „Habt wohl Acht
auf ihn!" — „Scharf ihm in's Gesicht ge=
sehn!" so rief Jeder dem Andern zu, als Einer
mich aufforderte, die Hand des Todten zu er=
greifen. Ich nahm eine seiner „schmuzigen

V.   16

Patſchen," die niedergeſunken war, und in dem
Canal des kleinen Bächleins lag, auf.

„Jetzt blicke in das Geſicht deines Opfers!"
rief ein Anderer. Ich kehrte zu dem Behuf den
Körper um, legte ihn auf den Rücken, und
ſchaute ihm dann ein Weilchen in's Geſicht.
Es war bleich und todtenähnlich. Die Naſe,
die am Morgen noch das allerſchönſte Carmoi=
ſin geweſen, war jetzt nur ein glänzender Pur=
pur. Der Mund hing weit offen, indem er
von Natur ſchon eine gehörige Dimenſion hatte.
Auch das eine Auge ſtand weit auf — aber es
war durch Zufall ſchon lange blind, ohne daß
das Lid ſchließen konnte, und das andere, wel=
ches im wachen Zuſtande von ſeinem Bruder
in ungewöhnlich ſchiefer Richtung ſich trennte,
war jetzt faſt zu, ein deutlicher Beweis, daß der
Mann nur ſchlief und nicht todt war. Mich
davon noch mehr zu überzeugen, legte ich meine
Hand auf ſeine Bruſt, und fühlte ſein Herz in
beſter Ordnung ſchlagen. Ganz überzeugt, daß
nichts Ernſtliches zu beſorgen ſtehe, und von
Natur dem Scherze gar nicht abgeneigt, machte

ich ein sehr ernstes Gesicht, und stieg aus dem Graben. „Er ist überführt, überführt!" schrie es so laut von allen Seiten, daß ich fürchtete, es möchte den Schläfer aufwecken. Verstohlen blickte ich zurück, sah aber zu meiner Genugthuung, daß sein Augenlid sich aufhob, aber wiederum schloß, und alles war in Ordnung.

Augenblicklich hatte man einen Thorflügel ausgehoben, den Schläfer darauf gelegt, und ihn mit zwei oder drei Weiberröcken bedeckt, und so ging es in voller Procession nach dem Dorfe. Als wir bei der Mairie ankamen, war es grade acht Uhr, und die Nachricht vom Morde, die uns vorangegangen, hatte die halbe Welt herbeigelockt. Ich und die Gensd'armen, und der Thorflügel, und die Last darauf, und an ein halb Dutzend Zeugen, darunter die Tochter als Hauptleidtragende, wurden in die Gerichtsstube eingelassen. Dort fand ich einen häßlich aussehenden Menschen von ungefähr funfzig Jahren, mit grauem schlicht herabgekämmten Haar, ohne Vorderzähne, mit Katzenaugen, in einem grünen Rock mit großen Perlemutterknöpfen, einer wei-

16 *

ßen Weste und schwarzen Pantalons, in einem
Armstuhl sitzend. Dies war Monsieur François
Faussecopie. Ein lumpiger Schreiber saß am
Tische, der mit weißem Papier, Federn und
Dintenfässern bedeckt war, während eine höchst
lächerliche Figur, welche dem Monsieur le Chevalier
de Choufleur angehörte, mit allem Ausdruck des
peinlichen Schreckens, ein weißes Tuch vor der
Nase, in größtmöglicher Entfernung vom muth=
maßlichen Leichnam dastand.

Während Faussecopie einige scharfe Blicke
auf mich schoß, und einige Fragen an die Gensd'ar=
men richtete, öffnete sich eine Thür, und der
Maire wurde gemeldet. Gleich darauf kam auch
herein, oder ward vielmehr von einem Diener
in einem Armsessel hereingerollt, eingehüllt in
einen braun seidenen wattirten Oberrock, die
Füße in Flanell gewickelt, und eine schwarz sei=
dene Kappe auf dem unförmlichen Kopfe, der
wohlwürdige Doctor Glautte. Faussecopie gebot
Ruhe, und das Gericht begann. Der Schreiber
nahm nach der Ordnung die Aussagen der Toch=
ter und anderer Zeugen zu Protocoll, dahin lau=

tend, wie man den Körper · im Graben gefunden, wie man mich zuletzt in Gesellschaft des
Ermordeten gesehen, wie ich das Haus besucht
(denn es gehörte ihm), in der vermuthlichen Absicht, es zu berauben, meine Flucht und meine
Gefangennahme.

„Wo ist der Leichnam?" grunzte Glautte.

Hier im Winkel, entgegnete der Schreiber.

„Rollt mich hin, daß ich ihn prüfen kann,"
befahl der Maire, und man rollte ihn hin.
Die Röcke wurden abgenommen, und Glautte
rief, nachdem er flüchtig auf den Körper und
das entstellte Gesicht gesehen, aus: „Ja, ja,
nur zu gewiß. Todt wie ein Stein, ohne Zweifel strangulirt. Tragt ihn fort, und schickt
nach dem Todtengräber — denn, ich glaube, der
Körper kann sich nicht lange halten."

Das dachte ich gleich. Tragt ihn nur fort,
ihr guten Leute! — rief De Chousleur, indem
er sich zu den Leuten wandte, und das Schnupftuch nur noch fester an die Nase drückte.

„Arrestat!" rief Faussecopie, „was habt Ihr
für Euch anzuführen?"

Nichts, entgegnete ich.

„Gut," antwortete er, „schreibt das nieder," zum Schreiber gewandt. „Habt Ihr Zeugen für Euch aufzurufen?" wandte er sich zu mir nach einer Weile.

Ja, einen.

„Schreibt die Antwort nieder," sagte Faussecopie zum Schreiber, dann wieder feierlich zu mir: „Arrestat, rufe deinen Zeugen auf."

Kaum daß ich den Befehl erhalten, so näherte ich mich und beugte mich über mein schlafendes Opfer, und wiewol es mich betrübte, ihn beunruhigen zu müssen, so schrie ich doch mit aller Anstrengung meiner Lunge ihm zwei oder dreimal in's Ohr. Der nekromantische Spruch, welcher einst die ewige Ruhe der schlafenden Schönen im Walde unterbrach, konnte keine größere Wirkung hervorbringen. Der Todte fuhr auf, öffnete das Auge und sprang davon, wie galvanisch berührt, fast bis an die Decke, gleich dem Thiere, das, durch's Herz geschossen, noch einmal in die Höhe setzt. Grauen und Entsetzen bemächtigte sich der Zuschauer.

Faussecopie und De Choufleur und der Schreiber
und der Stuhlschieber sprangen von ihren Siz-
zen und stürzten heulend und schreiend nach der
kleinen Seitenthür, Tisch und Bänke umstür-
zend, und den alten Glautte in ihrem Drang
und Taumel umreissend. Ebenso kreischten und
rauschten die Zeugen nach dem Eingang von
der Straße her, ja sogar die ehrenfesten Gensd'armen, Männer, die in mancher Schlacht dem
Feuer ruhig in's Auge geschaut, wurden ange-
steckt und brachen hinaus.

Der muthmaßliche Leichnam sprang ihnen
nach. Kaum aber, daß er sich wohl und gesund
dem Volke vorgestellt hatte, als der Schreck der
Menge auf's höchste stieg, und das Auseinan-
derstieben der ganzen Masse bildete einen Auftritt, der sich besser denken als beschreiben läßt.
Aber zu dem ganzen lächerlichen Tumult bildete
die Tochter einen schönen Gegensatz. — Sobald sie überzeugt war, daß der Vater lebe, flog
sie um seinen Hals, an gar nichts denkend, als
an ihr wiedergewonnenes Glück. Und sie hing
sich, seufzend und schreiend vor Freude, fest an

ihn, wie auch der verwunderte Bauer sie los-
zumachen, und eine Erklärung zu erhalten
wünschte.

Der Proceß endete, wie man sich denken
mag. Jedermann kam binnen Kurzem wieder
zu seinen fünf Sinnen, der Gerichtshof nahm
sein würdiges früheres Ansehn an, und Tische
und Bänke wurden wieder in Ordnung gerückt.
Das Volk zerstreute sich, indem eine große
Menge dem betrunkenen Kerl, der auf so wun-
derbare Weise dem Grabe entrissen war, nach
Hause folgte, und einstimmig hielt man dafür,
die Begebenheit könne aufgenommen werden unter die allerwunderbarsten der „Causes cé-
lèbres.‟

Zwölftes Kapitel.

Als die Verwirrung glücklich beseitigt, und
die Ordnung wieder hergestellt war, erklärte mir
Fauffecopie mit aller möglichen Höflichkeit, daß
es mir völlig frei stände zu gehen, und schon stand
ich, nachdem mir die Versicherung, daß ich weiter keine Belästigungen zu befürchten hätte, und
sogar ein Anerbieten geworden, mich durch einen
der Gensd'armen sicher geleiten zu lassen, —
ein Anerbieten, wofür ich jedoch höflichst dankte
— im Begriff das Amt zu verlassen, als ich
nicht allein aufgehalten, sondern buchstäblich am
Boden gefesselt wurde, durch den Eintritt eines
der lieblichsten Geschöpfe, die ich je gesehen, in
einem einfachen aber höchst anmuthigen Mor-
genanzuge und in Begleitung eines alten Mannes, der, obgleich klein und mager, ein Achtung
einflößendes Wesen hatte. Ich brauche nicht
erst zu sagen, daß es Leonie und Herr Suberville waren. Verschiedene Personen traten hinter
ihnen in's Zimmer, und als sie sich an den

Schranken niederließen, wo Jener (wie meine Leser wissen) in obrigkeitlicher Würde so lange präsi-
birt hatte, bemerkte ich, wie der kleine alte
Stutzer mit dem albernen und häßlichen Gesichte
(De Choufleur), der überjährige Maire (Glautte) und der schurkische Adjunct (Fauffecopie) alle
Zeichen des Unbehagens von sich gaben, mehr
oder minder nach ihrer verschiedenen Gemüths-
stimmung. Diese Gesichtssprache, bei den genannten drei Personen sowohl, als bei den übrigen Anwesenden, welche lebhafte Theilnahme
verriethen, überzeugte mich, daß etwas Außer-
gewöhnliches hier vorgehen werde, und die Neugier (bei Novellisten eine lobenswerthe Eigenschaft) bestimmte mich, den Erfolg abzuwarten.
Ich trat deshalb unter die Zuhörer, und nach
einigen Gesprächen und einigem Gemurmel zwischen den Parteien, begann das Verfahren.

Zuerst trat redend auf unser Freund Faussecopie, welcher, obgleich er der That nach in allen vor diesen Gerichtshof gehörigen Sachen
der eigentliche Richter war, doch immer die
Schlauheit besaß, anscheinend die allergrößte

Achtung und Gehorſam vor Glautte an den Tag zu legen, und daher, wie ſich die Gelegen: heit darbot, als Advocat einer jeden Partei auftrat, die ſeinen Beiſtand grade verlangte. In dieſem Falle bekannte er als Anwald die Sache eines gekränkten Edelmannes zu führen, deſſen unendlicher Schmerz über das erduldete Unrecht ihn ganz unfähig mache, für ſich ſelbſt zu reden, und um das rührende Gemählde von De Chou: fleur's Leiden ganz zu vollenden, zeigte er auf ihn ſelbſt, wie er in einem Winkel ſaß, das Geſicht mit ſeinem Schnupftuch bedeckt, und die Beine mit ihren Fußſpitzen in einer höchſt pathetiſchen Lage. Nachdem er ſo den ganzen Fortgang der natürlichen Zuneigung (wie er es nannte) auseinandergeſetzt, und ſogar bis zur Einführung des ketzeriſchen Betrügers (um ihn mit keinem ſchlimmern Namen zu bezeichnen) in den Buſen der Suberville'ſchen Familie ge: kommen war, begann Fauſſecopie mit den Be: weiſen herauszurücken, daß Leonie Hippolyte's Neigung aufgemuntert habe. Unter dieſen wurde die große Innigkeit, in der er mit der Familie

gelebt, aufgezählt, die notorische Zustimmung
hierzu, von Seiten Herrn und Madame Suberville, die Vater- und Mutterstelle bei ihrer
adoptirter Tochter vertraten; „aber stärker als
alles dieses," rief Faussecopie mit lispelnder
Stimme, sind jene zarten Pfänder, die nur wahrhaft hingebende Seelenneigung als Lohn für die
unerschütterlichste Treue konnte gewährt haben."
Bei diesen Worten brachte er ein uns wohlbe-
kanntes Kästchen von Atlasholz zum Vorschein,
und zog daraus einen kleinen silbernen Fin-
gerhut, eine Nadelbüchse und die größere Hälfte
eines weißseidenen Schuhes.

Hierauf erfolgte ein Ausruf des Erstaunens
aus Leonie's Munde, und ein lautes Gelächter
aus dem aller Anwesenden, mit Ausnahme Faussecopie's, De Choufleur's und des Doctor Glautte.
Der Letztere begann, trotz des Nasenstübers, den
ihm mein Abenteuer versetzt, und der Wieder-
holung desselben durch Herrn Suberville's Gegenwart, jene Symptome zu verrathen, welche
Faussecopie's schlummererregende Beredsamkeit
gewöhnlich bei ihm hervorbrachte. Das Geläch-

ter erweckte ihn, und er schüttelte sich mit dem Ausruf: „Was soll das seyn? Wer wagt die Würde des Gerichtshofes zu insultiren? Herr Adjunct, was bedeutet das?"

Alle Autorität besitzt einen so mächtigen Einfluß, mag sie auch noch so verächtlichen Individuen beiwohnen, daß meine Leser sich über das tiefe Schweigen, welches dieser obrigkeitlichen Aufwallung nachfolgte, nicht zu wundern brauchen. Als Faussecopie fand, daß man ihm zuhörte, beschloß er, sogleich von der schroffen Höhe, wo er sich jetzt stehend sah, hinabzusteigen, und mit einem kühnen Satze von dem scharfen Abhange des Lächerlichen in den weiten Ocean des Erhabenen zu tauchen. Er verwahrte die „kostbaren Liebespfänder" in das bewußte Kästchen, und nachdem er durch einige strenge und scharfe Betrachtungen, die dem ganzen Handel den Character des Ernstes wieder leihen sollten, vorgeläutet hatte, zog er drei Briefe heraus, welche, wie er dem Maire versicherte, die wärmsten Ausdrücke der Liebe enthielten, so wie jenes Eheversprechen, welches den liebeskranken Che-

valier dahin gebracht, Seiner Würden Schutz
anzuflehen, und die Gerichte des Landes um
Genugthuung anzugehen. Diese Briefe waren
an De Choufleur gerichtet, und nachdem sie von
Faussecopie geöffnet uud Herrn Suberville und
Leonieen gezeigt worden, bewirkten sie nicht al=
lein bei Diesen, sondern bei allen Zuschauern
eine augenscheinliche Bewegung. „Es ist gewiß
ihre Handschrift, das räume ich ein," rief Herr
Suberville. Leonie wurde bleich und zitterte,
indem sie das Complott gegen sie nicht sogleich
zu durchschauen fähig war. „Freilich," rief
Faussecopie, „hier kommt nun das Unglück.
Diese Briefe, Englisch geschrieben, damit die
Eltern dieser treulosen jungen Dame nicht da=
hinter kommen möchten, bleiben Räthsel für
den Gerichtshof, denn nur sie selbst oder der
würdige Mann, den sie so übel behandelt hat,
besitzen dazu den Schlüssel."

„Hier ist der Engländer," riefen verschiedene
Stimmen um mich her. „Er kann sie übersetzen."

Bei diesem Vorschlage warf Faussecopie einen
zweifelhaften Blick auf Hippolyte (der kühner

geworden, sein Schnupftuch fortgeworfen hatte)
als wollte er damit sagen: „Dürfen wir es wagen? Haben Sie sie mir auch treu übersetzt?" De
Choufleur zeigte eine vertrauensvolle Miene, und
man lud mich ein, die Briefe zu übersetzen.
Ich willigte gern darin, und begann mit dem
letzten von denen, welche ich oben für meine
Leser abgeschrieben habe.

Da ich gleich anfangs innige Theilnahme
für Leonie empfunden, und von der Ueberzeugung durchdrungen war, sie könne niemals dergleichen Aufmunterung einem elenden Geschöpfe,
wie dieser Hippolyte, gegeben haben, so war ich
in der That nicht wenig beim Durchlesen eines
Briefes, den sie, als von ihr geschrieben aner-
kannte, in Verlegenheit gesetzt. Obgleich bei
manchen Stellen sehr in der Klemme, versuchte ich
doch die orthographischen und grammatikalischen
Fehler auszugleichen, und übersetzte darauf den
Brief nach meinem besten Gewissen folgendermaßen in's Französische:

„Nuit et jour, matin et après-midi, mes
pensées sont à toi. Dans l'église ou à

la promenade, dans les profonds mystères du sommeil, ou en plein jour, c'est
toi, mon cher, qui es devant mes yeux."

„Ja, ja!" rief Hippolyte mich unterbrechend.
„Grade fo, Wort für Wort! O welch' ein
glücklicher Mann bin ich, einen so treuen Ueber-
setzer gefunden zu haben."

Fauffecopie lächelte, und Jedermann blickte
mit Erstaunen auf diese zarten Ausdrücke der
Liebe, und Niemand mehr als Herr Suberville.

Nach einiger Zeit war die Ordnung wieder
hergestellt, und ich fuhr fort:

„C'est toi, mon cher, qui es devant mes
yeux, la tête courbée par la hart où
je désire vivement d'être liée avec vous,
sans même la cérémonie d'être attachée
par mes parens. Croyez-moi jusqu'à
la mort la très jolie

Léonie."

Kaum konnte ich den ganzen Satz deutlich
ausübersetzen, vor dem lauten Gelächter, in
das Alle einstimmten, so daß selbst Fauffecopie
und Glautte nur mit Gewalt sich zurückhielten.

Hippolyte sprang auf, und versuchte den Brief
mir aus den Händen zu reissen, indem er dabei
ausrief: „ich sey ein falscher und treuloser Dol-
metscher, bestochen von Suberville und dem
schändlichen George Wilson aus London." Der
in die Augen springende Ungrund dieser Anschuldigung, verglichen mit den Lobeserhebungen
einen Moment vorher, schmeckte gar zu sehr
nach einer Art von Schuld, so daß laute Ausdrücke
des Unwillens überall aus der leicht entzündbaren
Versammlung hervorbrachen, und funfzig Stimmen zugleich forderten, ich solle in meiner Uebersetzung fortfahren. Faussecopie, entschlossen, wäre
es auch auf Kosten seines Freundes, den Schein
der Gerechtigkeit aufrecht zu erhalten, flüsterte
etwas Glautte zu, der beifällig nickte, und ich
wurde aufgefordert, fortzufahren. Ich war jetzt
bis zum Postscript gekommen, und fuhr treu-
lich fort:

„Mon cousin Alfred fait la potence (lau-
tere Lachstöße als zuvor unterbrachen mich hier)
mais je me marierai avec vous quand mes
désirs seront morts."

v.   17

Hier war der Aufruhr des Gelächters am größten. Leonie, erschreckt und verwirrt von dem Auftritt, sank auf einen Stuhl und verbarg ihr Antlitz in Herrn Suberville's Arme, während Hippolyte in einem wahnsinnigen Anfall von Wuth auf den Tisch sprang, den Brief fortriß und schwor, der eigentliche Sinn ihres Schreibens sey derjenige, dessen meine Leser sich von früher erinnern werden.

Als er geendet, riefen ein Dutzend verschiedene Stimmen: „Wie wissen Sie denn, daß sie dies gemeint hat?" — „Wer dictirte ihr solche Gesinnungen in die Feder?"

In diesem Augenblicke war es, wo Leonie, wie plötzlich in sich klar, aufsprang, und zum Tische tretend, mit einer fast begeisterten Miene ausrief: „Ach, meine Herren, jetzt sehe ich Alles! Dies ist eines der alten Exercitien, welche der Elende mir in den ersten Tagen seines Unterrichts dictirte, als ich noch kein Wort Englisch verstand. Er gab vor, sie alle verbrannt zu haben, aber ich sehe nun wol, er hat niedriger

Weiſe einige zurückbehalten — und weiter iſt die ganze Geſchichte nichts."

Wie ſehr auch der Geiſt der Normandie zu Proceſſen neigt, ſo gibt es doch kein Volk in der Welt, daß bei einer offenbaren Ungerechtigkeit leichter in Feuer und Flammen geriethe, als die würdigen Kläger und Beklagten dieſer Provinz, — und unter dieſer Benennung kann man doch eigentlich die ganze Bevölkerung begreifen. Sobald daher Leonie's ehrliche und offene Erklärung deutlich vernommen worden, brach ein allgemeiner Unwille gegen De Chouſleur aus. Er wurde vom Tiſche heruntergetrieben, und als er, unter Fauſſecopie's Schutz durch eine Nebenthür ſich zurück zog, verfolgte ihn ein lautes tadelndes Geſchrei. Glautte wurde, faſt halb todt von allen den aufregenden Scenen dieſes Morgens, hinausgerollt, und der Gerichtshof löſte ſich auf.

Alle Zeugen bei dieſem ſtürmiſchen und auſſergewöhnlichen Auftritte boten ſich an als Triumpheskorte Herrn Suberville's und ſeiner Leonie; er aber, klug die Gefahr erwägend, als

17 *

Anführer eines, wenn auch nur Dorfauflaufes, und zwar im Gegensatz zu der royalistischen Partei, zu erscheinen, überdies wenig nach dem Beifall der Menge dürstend, lehnte die höfliche Begleitung ab. Als die Leute umher sich von ihm trennten, und ihn seinem Wunsche gemäß verließen (wobei alle Blicke der Bewunderung auf Leonie fielen) wandte er sich zu mir, bekannte sich tief verschuldet für meine Dienste und die ihm bewiesene Aufmerksamkeit bei'm Verhör, wenn man es so nennen darf, und lud mich in sein Haus, um dort den Tag mit ihm zu verbringen. Da es immer mein Grundsatz gewesen, daß man jede Einladung annehmen müsse, die von Herzen kommt, die mit keinen wesentlicheren Beschäftigungen streitet und auch nicht mit dem dabei entspringenden Gefühl unserer eigenen Unwichtigkeit noch mit unserer schuldigen Dankbarkeit gegen Andere, und da Herrn Suberville's Einladung zu keinem dieser ausgenommenen Fälle gehörte, nahm ich gern seinen Vorschlag an, und wanderte mit ihm und Leonie sogleich nach Lé Vallon.

Da meine Leser das Haus besser als ich bei'm ersten Anblick kennen, will ich es nicht erst beschreiben; jedoch muß ich den Auftritt schildern, welcher sogleich bei unserer Ankunft Statt fand. Bei'm Eintritt in die Halle empfing uns ein munteres Mädchen, in einer knappen Schnürbrust und steifen Haube, die ungefähr halb so lang als ihr ganzer Körper war, und die jeder meiner Leser sogleich für Lisetten würde erkannt haben. Ihr Gesicht glänzte von einer Freude, die selbst meine Gegenwart nicht unterdrücken konnte, und sie rief: „Ach, meine theure Demoiselle Leonie, wer denken Sie, daß angekommen ist?"

Wer, gute Lisette? rief Leonie, plötzlich so bleich wie eine ganz ausgebrannte Holzasche, dann wieder so roth, wie dieselbe Asche, wenn das Feuer wieder angefacht ist.

„Wer, als Monsieur Alfred?" antwortete Lisette.

Niemand sonst? stammelte Leonie; aber ehe Lisette antworten konnte, sprang ein hübscher, munterer Junge aus dem Sprachzimmer

und umarmte Leonie ſehr herzlich. Dieſer junge
Mann war kein Anderer, als ein alter Bekann=
ter meiner Leſer, — es war Alfred. Ich hoffe,
meine Leſer werden nicht ſo unzufrieden als
ſeine Couſine ausſehen, als ſie gar keinen Ge=
fährten bei ihm ſah.

„Alles zu ſeiner Zeit,“ antwortete er auf
Leonie's forſchenden und ängſtlichen Blick —
und ich ſage daſſelbe zu den Leſern.

Jetzt, mein theurer Herr, — fuhr Alfred fort,
indem er ſich zum Oheim wandte, — iſt die
Verhandlung über ein ſehr zartes und wich=
tiges Geſchäft auf einen erſtaunlichen Sauſe=
wind gefallen; doch hoffe ich, ſollen ſie meine
ſchlechten Einrichtungen meiner guten Abſicht
wegen entſchuldigen. Ich will eben einen Herrn
bei Ihnen einführen, mit deſſen Namen Sie
ſchon vertraut ſind, deſſen Perſon Ihnen
aber noch fremd iſt — Herrn George Wilſon
aus London.

„Fremd uns!“ rief Leonie mit ſeligem Lä=
cheln, als ſie Alfred mit ihren Augen folgte,
während er in ein Zimmer rechts von der Halle

trat; das gewöhnliche Wohnzimmer, das wir betraten, befand sich auf der linken Seite. Er kehrte sogleich wieder zurück, und führte mit sich einen schlanken, schwarzhaarigen Mann von gelber Gesichtsfarbe und ungefähr vierzig Jahr alt, aber nicht denjenigen — das konnte ich deutlich sehen — welchen Leonie sicher erwarten zu können glaubte. Dieser Herr wandte sich nun selbst an Herrn Suberville in vollem Flusse eines erträglich schlechten Französisch, und entschuldigte sich dann, seinen Namen zu einem Betruge hergegeben zu haben, der indessen ganz unschuldig gewesen, und den er jetzt vollständig, nicht allein Herrn Suberville und dessen Familie, sondern vor der ganzen Welt aufklären wolle. Dies war für mich ganz unverständlich, aber ich will die Dinge lieber so berichten, wie sie sich zutrugen, indem ich mich gleich so klug anstelle, wie ich es später wurde, als daß ich meine Leser durch eine Aufzählung meiner Betrachtungen und Vermuthungen verwirren sollte.

Herr Suberville und Leonie waren höflich,

aber faſt ſtumm; doch der fremde Herr Wilſon er=
weckte bald ihre Aufmerkſamkeit, indem er ſie erſuch=
te, den Eintritt Jemandes zu geſtatten, der früher
ſeinen Namen unrechtmäßig ſich angeeignet, ſeine
Geſtalt angenommen, und durch ſeinen Ueber=
muth ſo manchen Kummer ihnen verurſacht hatte. =

„O wo, wo iſt er denn? Weshalb uns ſo
martern? Laßt ihn herein kommen!" rief Leonie.

Das Wort u n s ſtand recht luſtig an der
Stelle für m i ch, wie meine Leſer es hoffentlich
bemerkt haben werden. Aber was brauchte es
weiter des Ausdrucks, indem plötzlich aus einer
Kammer, wo Alfred ihn verſteckt, der hübſche
junge Burſch hervorſtürzte, nach dem meine Le=
ſer hoffentlich ſchon lange ſich geſehnt haben, um
mit ihm Hände zu ſchütteln.

Den nächſtfolgenden Augenblick kann ich
nicht einmal zu ſkizziren unternehmen — das
Entzücken des jungen Mannes, — Leonie's Luſt
und Aufregung — Herrn Suberville's angeneh=
mes Erſtaunen — die Miſchung von Befangen=
heit und Freude, die ich ſelbſt empfand — die
freundliche Theilnahme, die ſich auf gleiche Weiſe

bei Alfred und dem wirklichen Herrn Wilson
aussprach — Lisettens Singen, Tanzen und
Schreien in jener herzlichen Weise, wie man sie
bei allen den gutmüthigen Französischen Bauern
findet — und um Alles vollständig zu machen,
das Schellen einer Klingel und das Stampfen
auf den Boden von einem obern Zimmer herab,
welches, wie ich später erfuhr, von der kranken
Madame Suberville bewohnt wurde.

„Das ist wahrhaftig überwältigend," rief Herr
Suberville aus.   „Es ist fast zu viel — aber
es sieht in der That fast wie Glückseligkeit aus.
Wir müssen indessen nicht zu schnell seyn.   Ich
kann, mein Herr, nicht an der Reinheit dieser
Bewegungen zweifeln, aber sagen Sie mir, darum
bitte ich offen und frei, wer oder was sind Sie?"

Wer ich bin? rief der junge Mann — fragen Sie sich selbst, fragen Sie, mein Theurer,
Diese! Wer bin ich, Leonie? Sagt es Dir
nicht dein Herz? Wer anders als Eduard
Mowbray, dein verlobter Gatte von der Kindheit an — zwar nicht gebunden durch gesetzliche
Versprechung, aber durch die theuersten aller

Bande, durch Gefühl und Leidenschaft mit Dir
vereinigt! Erkennen Sie mich nicht, mein Herr?
Sehn Sie denn auf diese Documente —
diese ersehnten Documente, deren Mangel allein mich so lange unter den Qualen der Erwartung dulden ließ — und deren verspätete
Ankunft mich jetzt für Alles bezahlt. Sie be-
kunden, wer ich bin, und geben mir des Vaters
Einwilligung zu dem einzigen Schritte, der noch
fehlt, um mich wild vor Lust zu machen!

„Halt, halt, Eduard!" rief Herr Wilson
— dies ist ein ernster Moment."

Und bin ich nicht ernst? rief Mowbray, indem er Leonie's Hand ergriff und sie mit In-
brunst küßte.

Wenn das Geheimniß einer Erzählung (d.
h.' wo überhaupt eines ist) entdeckt worden,
oder der Hauptfaden des Interesses abgesponnen,
so halte ich es für klug, die Erzählung zusammen zu drängen, und so schnell wie möglich,
die Nebenumstände beseitigend, dem Ende zu-
zueilen. Auch hier werde ich daher mit aller
gebührenden Kürze meine Obliegenheiten abthun.

Aus Eduard Mowbray's Geständniß, das er mit lobenswerther Haft ablegte, ergab sich, wie auch er seit den ersten Momenten, wo die Vernunft in ihm aufgedämmert, grade dieselbe Empfindung gegen Leonie, wie sie gegen ihn, nur in weit stärkerm Grade, gehegt habe. Sein Vater begünstigte sie, denn es war dessen Plan von je an gewesen, Eduard in einem Französischen Handelshafen zu etabliren, und er hatte wirklich, bei der Achtung, welche ihm Herr Suberville während des flüchtigen Besuches bei demselben, verglichen mit allen Nachrichten, die er in der Eil über seinen Charakter und seine Vermögensumstände sammeln können, eingeflößt, und bei der Bewunderung, die er für das Kind empfand, den Plan gebildet, einst die beiden Kleinen näher zu verbinden, und deshalb in seinem Sohne jene erste Regung mit der Ausdauer eines Vaters und eines Kaufmanns genährt. Die Regung machte, wie wir wissen, Fortschritte, bis die Nachricht von Herrn Suberville's Unfall einleif. Da hielt aber Herr Mowbray, als ein Mann von dieser Welt, auferzogen in einem,

Kaufmannshause, und zur Zahl jener Väter gehörig, welche trotz einer wahrhaft elterlichen Zuneigung, doch darin weit irren, daß sie für ihre
Kinder kein anderes Glück kennen, als was auf
Geld gebaut ist, es für seine Pflicht, jeden Gedanken aus Eduard's Geist auszurotten, welcher zu dem lange gehegten Gegenstande seiner
künftigen Wünsche führen könne. Dies bei einem
Jünglinge von achtzehn Jahren zu bewerkstelli-
gen, war, wie er wol wußte, sehr schwer, ja,
als er an's Werk ging, fand er es sogar unmöglich. Eduard's Gemüthsart besaß einen
hohen Grad jener ungestümen Hartnäckigkeit,
die mit Zügen edler Entschlossenheit verbunden
ist, und er fühlte bis auf den Grund seines
Herzens die Gefühle, welche er gleich kurz und
stark in der eben erwähnten Rede geäußert hatte.
Diese Gefühle, geboren und gepflegt in einem
romantischen Geiste, welcher den hochherzigen
Kindern eines Landes der Freiheit so wohl an-
steht, hatten durch den Widerstand an Kraft
gewonnen. Eduard gefiel sich bei'm Gedanken
an die Seltsamkeit seiner Neigung, und er ließ

sich so lange in den Phantasieen über das kleine
weiße Geschöpf, das mit ihm von Kindheit an
aufwuchs, gehen, daß keine echte Zuneigung zu
einem sichtbaren Gegenstande die mächtiger gewordenen Träume verdrängen konnte. Ihn fester an sein Geschäft zu binden, und seinem
Stolze zu schmeicheln, hatte der Vater seinen
Namen als den eines Associé in die Firma gesetzt, aber Eduard, ohne gegen diesen großen
Beweis des Zutrauens oder die Vortheile, die
daraus entsprangen, gleichgültig zu seyn, berechnete die letzteren immer, als wie zur Hälfte für
sich und zur Hälfte für Leonie, denn er war
entschlossen, nie seine romantische Verbindung
aufzugeben, so lange nur eine vernünftige Hoffnung deshalb übrig bliebe. Der erste Schritt,
den er deshalb that, war Französisch zu lernen,
und mit Hülfe eines ausgewanderten Parisers
setzte er dies dergestalt in's Werk, daß er in
wenigen Jahren in der Sprache vollkommen zu
Hause war, und sie mit großer Leichtigkeit und
gutem Accente sprechen konnte.

Ein Artikel des Societätsvertrages mit sei-

nem Vater bestimmte, daß er im einundzwan=
zigsten Jahre nach Frankreich gehen solle, sich
in jenem Lande als Commandite des Principal=
hauses von Philadelphia zu etabliren, aber eine
sehr gefährliche und sich in die Länge ziehende
Krankheit, die um jene Zeit seinen Vater befiel,
zwang ihn, zwei Jahr darüber in Amerika zu
bleiben. Während dieser Zeit widerstand er je=
der Versuchung, von seiner knabenhaften, und,
ich mag wol sagen, wilden Neigung abzulassen;
und Niemand als Leonie, die nie Gekannte, nie
Gesehene, die vielleicht auf immer für ihn, durch
Heirath oder gar durch den Tod verlorene —
Niemand sonst machte auf ihn den geringsten
Eindruck. Er hatte sich indessen vor seinem
Vater wohl gehütet, und so vollständig, wiewol
allmählig, hatte er ihre Erwähnung in Verges=
senheit kommen lassen, daß sein Vater, im Augen=
blick, wo er nach Frankreich abreiste, nicht anders
glaubte, als daß er alle Erinnerung an seine frü=
heren Phantasiegebilde verloren habe. Aber Herr
Mowbray ward, noch ehe das Schiff, auf wel=
chem Eduard sich befand, aus dem Angesicht der

Küste verschwand, enttäuscht, denn ein Brief
des Sohnes, zurückgelassen bei einem Freunde,
um dem Vater gleich nach seiner Abfahrt über=
geben zu werden, entdeckte ihm in pflichtgemäßen,
innigen und zugleich festen Ausdrücken, daß der
Hauptantrieb, der ihn zum ersten Male sein
Haus zu verlassen, und von seinem geliebten
Vater zu scheiden gedrängt, jener Hoffnungsstern
seines Lebens sey — den ich hier nicht weiter zu
erörtern brauche.

Sein erster Brief aus England, wo er den
Europäischen Boden zum ersten Male betrat,
sagte dasselbe, und als er im Frühjahr 1816
in Herrn Wilson's Gesellschaft, eines Compag=
nons in einem mit Mowbray und Sohn innig
verbündeten Hause, nach Paris reiste, machte
er diesen Herrn zu seinem vollständigen Vertrau=
ten. Durch seine Vermittelung stellte er Nach=
forschungen an über Herrn Suberville's Um=
stände und Lage, und nebenbei besonders über
Leonie, Alfred, De Chousleur und die anderen
weniger innig mit Le Wallon verbundenen Per=
sonen. So hatte Eduard einen Schatz von

Kenntnisse erworben, und besprach mit Wilson
einen Plan, um Eintritt in die Familie zu erhalten, als sie die Bekanntmachung in den Zeitungen lasen, und schnell wurde beschlossen,
Mowbray solle von Wilson's Namen und Paß
Gebrauch machen, und sich, so gut es ginge,
verkleiden, um den angenommenen Charakter
durchzuführen. Der Erfolg dieser Kriegslist ist
schon erzählt, und er war kaum eine Woche
mit Leonie unter einem Dache, als er noch einmal an seinen Vater schrieb, und das mit einer Heftigkeit, welche keinen Widerstand duldete.
Die Antwort auf seinen Brief langte an, jedoch nicht eher; als bis er Herrn Suberville's
Haus verlassen, und schon über einen Monat
in Paris sich aufgehalten; sie brachte ihm
seinen Taufschein und des Vaters feierliche
Einwilligung in seine Heirath mit Leonie, ohne
welche Documente die Ceremonie nach Französischen Gesetzen nicht vor sich gehen kann.

Aber selbst diese Papiere erlaubten ihm nicht
sogleich, nach Le Vallon zurück zu kehren, denn
die Vorstellungen, welche nach seiner Flucht bei

den Obrigkeiten eingegangen waren, der Verdacht
der daraus folgte, die gegen Herrn Suberville
erregten Verfolgungen, und das etwas sehr unge=
setzliche Verfahren wider Alfred, bildeten ein Heer
von Schwierigkeiten, die nur durch große Be=
harrlichkeit, große Kosten und viel Zeitverlust
zu beseitigen waren. Dies werden Die leicht ver=
stehen, welche einst Gelegenheit gehabt, mit der
Schlaffheit, dem Kleinigkeitsgeist und der Ver=
drossenheit zu kämpfen, die sich jedem Schritte
der Französischen Regierung in den geringfügig=
sten Dingen anhangen. Alles wurde indessen
zuletzt, vorzüglich durch Wilson's Bemühungen,
ausgeglichen. Die ganze Sache wurde vom
Departementspräfecten untersucht, und dabei kam
ein solches Heer von Umständen an's Tageslicht,
die von Faussecopie's Veruntreuungen und Glaut=
te's Unfähigkeit zeugten, daß zunächst Suber=
ville in Freiheit gesetzt, Alfred losgesprochen
wurde, und Wilson und Mowbray wegen ihrer
Vergehen gegen die strenge Polizeiordnung hin=
sichts der Pässe Verzeihung erhielten, dann aber
ernstlich daran gedacht wurde, den Maire und

v.					18

den Mairieadjuncten der mir und meinen Le-
fern unter dem Namen der Drei-Dörfer bekannten Gemeine abzusetzen.

Als Mowbray seinen kurzen Bericht geendet,
und der erste Sturm der Gefühle beschwichtigt
war, beschlossen zuvörderst Wilson, Mowbray
und Alfred in die Mairie zu gehen, um sich und
ihre Documente vorschriftsmäßig zu präsentiren.
Sie forderten mich und Herrn Suberville auf,
als ein Paar glaubwürdige Zeugen, die bei den
Verhandlungen mit einer so glatten Person wie
Fauffecopie, vielleicht nöthig wären, sie zu begleiten. Als wir das Amt erreichten, sahen
wir Glautte ruhig in seinem Stuhle sitzen, während François ihm irgend etwas in's Ohr flüsterte. Bei unserer Ankunft war der würdige
Adjunct augenscheinlich etwas bestürzt; schnell
indessen wieder gesammelt, prüfte er mit seinem
ruhig scharfen Blicke die verschiedenen Papiere,
erklärte, Alles sey in Richtigkeit, drückte sein
Vergnügen aus, daß sich Alles so zu unserer
Zufriedenheit ausgeglichen habe, und wollte eben
Herrn Mowbray einen moralischen Vortrag über

die Unschicklichkeit seiner Aufführung halten, als dieser ihn kurz bat, sich die Mühe zu sparen, und ihn ersuchte, dem Gebrauch gemäß, die erste förmliche Anmeldung von Eduard Mowbray's Eheverlöbniß mit Leonie Suberville, bestätigt durch die Zustimmung ihrer beiderseitigen Eltern nach allen Formen der Gesetze, einzuregistriren.

Ueberraschungen, und daß ich etwa zu plötz= lich eine so wichtige Begebenheit entschieden hätte, werden mir hoffentlich meine Leser nicht vorwerfen. Sollte dies dennoch so scheinen, möge man bedenken, daß beide Theile gegenseitig sehr innig durch täglichen Umgang während vier Monaten bekannt geworden, und daß die gesetz= lichen Förmlichkeiten doch noch immer einen Auf= schub von drei Wochen verlangten, vor jener

„Vollziehung, die mit Sehnsucht man begehrt." —

Zeit genug zur Besinnung zu kommen, für jedes eheluftige Pärchen, das noch so viel Methode in seiner Tollheit hat, sich des alten Spruches zu erinnern: „Jeder Aufschub ist gefährlich."

Bei dieser unerwarteten Meldung wechselte

18 *

Faussecopie in allem Ernst die Farbe, ohne
daß ich mit diesem Ausdrucke irgend eine Ver=
gleichung andeuten wollte mit dem Aufwallen
des Blutes in der Brust eines Ehrenman=
nes, das bei einem edlen Drange oder Anre=
gung die Adern durchströmt. Von einer solchen
Färbung verrieth Faussecopie's Antlitz nichts;
aber seine Galle ließ alle ihre Bitterkeit heraus,
und verwandelte die schon gelbe Farbe seiner
Wangen in ein dunkles Orange. Er hielt inne,
schwankte, ergriff die Feder, legte sie wieder
hin, öffnete sein Registrirungsbuch, und nach=
dem er einmal mit dem Kopf geschüttelt, welches
wie die Bekräftigung eines gefaßten Entschlusses
aussah, und ein Paar Worte seinem Obern
zugeflüstert hatte, der darauf beifällig nickte,
betheuerte er, daß: „wie bereitwillig Sr. Wür=
den der Herr Maire auch seyen, den so natür=
lichen Wünschen der liebenswürdigen und ach=
tungswerthen Interessenten sogleich nachzukom=
men, hielten Dieselben sich doch genöthigt, eine
Weile Anstand zu nehmen, in Anbelang der noch

schwebenden Ansprüche, die ein anderer Herr auf die Hand der jungen Dame gemacht."

„Fort mit diesen filzigen Ansprüchen!" rief Mowbray, indem er mit geballter Faust auf den Tisch schlug. „Und wagen Sie, als eine Magistratsperson, hier zu sitzen und so zu sprechen? Nehmen Sie sich in Acht, mein Herr. Und was Ihren Principal betrifft, der da schläft während Sie handeln, so denkt Er so wenig als Sie an die Gefahr, welche Sie beide bekanntlich wegen des schändlichen Mißbrauchs der Gerechtigkeitspflege laufen. Sie sehen nicht das nackte Schwert, das über ihren Köpfen hangt."

Bei diesen Worten fuhr Glautte voll Entsetzen und Raschheit aus seinem Stuhle auf, warf seine Augen nach oben, und heulte und grunzte: „Ein nacktes Schwert! Verrath, Verrath, Mord! Jacques, Jacques, sage ich! Rollt mich hinaus, rollt mich hinaus aus dieser Diebeshöhle — mein Leben ist bedroht — die Engländer sind um mich — lange lebe der König! Lange lebe der Kaiser! — Lange leben die Bour-

bons! — Lange lebe die Republik! Oh, wo
bin ich, wo bin ich?"

Unter diesen Ausrufungen, die, in stufenmä=
ßigem Abfall, schwächer wurden, sank er besin=
nungslos in den Stuhl zurück. Während er
fortgerollt wurde, trug Faussecopie die verlangte
Meldung in's Buch ein, und dies sollte der
letzte Act seiner öffentlichen Thätigkeit werden.

Alles ging jetzt im Sturmschritt. Mowbray
schwur, er wolle spornstreichs zu Hippolyte, der
ganz gewiß in Faussecopie's Wohnung sich be=
finde, und den Eintritt der Nacht abwarte, um
sich nach seiner Wohnung am Meere zurückzu=
ziehen. Wir fanden es vergeblich, uns ihm
zu widersetzen, selbst wenn wir es gewünscht
hätten; dabei hielten wir es für gut, daß die
Sache zu Ende komme. Deshalb begaben wir
uns sogleich nach Faussecopie's Wohnung, und
es wurde verabredet, Herr Wilson solle zuerst
eintreten, und einen förmlichen Widerruf des
beleidigenden, in die Zeitungen eingerückten Pa=
ragraphs gegen seinen Namen, wenn er auch
nicht grade persönlich gegen ihn gemeint war,

zu fordern. Wir gingen im Vorzimmer umher
während er eintrat, und aus des armen Hip=
polyte zitternder Stimme, als er auf Wilson's
Forderung antwortete, konnten wir leicht ent=
nehmen, daß er an allen Gliedern zittere. In=
dessen gab ihm Wilson's Ruhe Muth ein, stör=
rig zu seyn, wo nicht gar fest und stolz; er
schlug daher den Widerruf oder die Abbitte völ=
lig ab, betheuernd, er habe keine Absicht, Herrn
Wilson zu kränken, aber allen seinen Haß wolle
er auf den Schurken laden, der dessen Namen
und Gestalt angenom.nen, und der ihm zuge=
dachten Züchtigung nun entflohen sey. Bei diesen
Worten brach Mowbray in's Zimmer herein,
hinter ihm Herr Suberville und ich. Als Hip=
polyte Jenen erblickte, schaute er sich mit unglaub=
licher Schnelligkeit nach rechts und links um,
als schwanke er noch, ob er sich zum Fenster
hinausstürzen, oder den Kamin hinaufklettern
solle; aber Mowbray's schneller Vortritt be=
stimmte ihn, eine sichrere Maaßregel zu ergreifen,
und er wählte seine alte Lieblingsstellung des
demüthigen Flehens. Er warf sich auf die

Kniee und vor Mowbray's Gnade nieder. —
Bei'm Uebrigen brauche ich mich wohl nicht
erst aufzuhalten; er unterzeichnete nicht allein
einen vollen Widerruf seiner Verläumdungen
gegen „Georg Wilson, gebürtig aus London,"
sondern auch eine bestimmte Erklärung, daß er
alle Ansprüche auf Leonie aufgebe; er über=
reichte sowohl die fabricirten Liebesbriefe, als auch
die „kostbaren Liebespfänder," um mit Fausse=
copie's Phrase zu reden, auf deren Besitz doch
seine Ansprüche begründet waren; und um seine
Niedrigkeit in vollem Lichte zu zeigen, trat er
freiwillig als Zeuge auf gegen seinen Mitschul=
digen Faussecopie, und verrieth, da er einmal
im Zuge war, das ganze Geheimniß ihrer Ac=
cise=Veruntreuungen.

So bewaffnet mit Briefen und Beweisen,
machten wir uns davon, und Herr Suberville
erklärte eben seine Absicht, wie er einen voll=
ständigen Bericht über Faussecopie's Aufführung
ausarbeiten und an das Gouvernement senden
wolle, als uns ein Bote in großer Eil begeg=
nete mit dem Auftrag, Herr Suberville solle so=

gleich in der Mairie erscheinen, wo der Präfect
so eben zu einem bestimmten Zwecke angelangt
sey, und wo der Tod in eigener Person dieselbe
Operation an Doctor Glautte ausführe, welche
Dieser so häufig (während seiner Berufsgeschäfte)
an manchem armen Kranken ausgeführt habe.

Demzufolge wandten wir uns sogleich nach
der Mairie, und wurden vom Präfecten, einem
ehrwürdigen und Achtung einflößenden Mann,
empfangen, der sich mit Anmuth und Herzlich=
keit Herrn Suberville näherte. Er hatte end=
lich von der Regierung die Weisung erhalten,
daß Glautte und Faussecopie, sobald er bei ge=
nauer Prüfung von ihren Uebertretungen völlig
überzeugt worden sey, abgesetzt werden sollten,
und hatte deshalb den Befehl erhalten, sich an Ort
und Stelle zu begeben, um daselbst die Unter=
suchung zu führen, ihnen, wenn sie danach aus=
falle, ihre Entlassung anzukündigen und für
den Augenblick andere Individuen an ihrer
Stelle zu erwählen, bis man zu entscheidenden
Beschlüssen deshalb kommen werde. Da dies
der glückliche Augenblick war, Faussecopie's

Schickſal und das ſeines unwürdigen Obern abzumachen, ſo entwickelte Herr Suberville ſeine Ausſage mit großer Klarheit, und De Choufleur, zu demſelben Zwecke aufgefordert, bekannte wie vorher. Des Präfecten Unterſuchung ging ſchnell vor ſich. Er rief Fauſſecopie herein und kündigte ihm in Ausdrücken, die weder von der Artigkeit noch von der Höflichkeit abgemeſſen worden, die Entlaſſung aus dem Amte, das er ſo verunehrt hatte, an. Fauſſecopie verſuchte ſeine Rechtfertigung, und um ſeinen ganzen Werth recht an's Tageslicht zu bringen, verrieth er den unglücklichen und, wie er dachte, im Sterben begriffenen Doctor, indem er ſich anheiſchig machte, den Brief vorzuweiſen, durch welchen Dieſer, während der hundert Tage, Napoleon ſeine Unterwerfung angeboten, den er (Fauſſecopie) aber, wie er behauptete, allein aus Treue für die Bourbons zurückbehalten habe.

Der Präfect forderte den Brief, welcher auch ſogleich vorgebracht wurde; aber Herrn Suberville's ſcharfem Auge, der ihn mit dem Präfecten unterſuchte, konnte es nicht entgehen, daß

zwei oder drei leichte Abänderungen in den Ausdrücken augenscheinlich von Fauffecopie's Hand
herrührten. Diesen Umstand hatte der Schurke
ganz vergessen, indem er sie vermuthlich auf seine
gewöhnliche Weise gleich bei'm ersten Ueberlesen
der kritzlichen Hand hinein corrigirt hatte, und
er war diesmal, vielleicht zum erstenmal in seinem Leben, überrascht und bekannte das Factum. Aber auf des Präfecten Frage, weshalb
er die Regierung nicht von einer Maasregel
unterrichtet, die er nach seinem Geständniß doch
gänzlich verwerfen müsse, erwiederte er, nur
Dankbarkeit für Glautte habe ihn zu dieser Ge-
heimhaltung bewogen.

„Dankbarkeit, elender Mensch!" rief der
entrüstete Präfect, indem er aufstand; „Wie
wagst Du einen so heiligen Namen zu entwei-
hen! Nein, es ist zu spät — nichts kann Dich
von der wohl verdienten Ungnade erretten. Fort
aus meinen Augen, und schicke Dich an, mir
aufs genaueste Rechenschaft abzulegen von deiner zweijährigen Aufführung in dem geheiligten
Amtsdienste, der gleich unserer heiligen Religion

durch die Feilheit seiner Diener nicht befleckt werden darf."

Monsieur le Préfet, hören Sie mich, rief Faussecopie in steigendem Tone; wer wie ich Thron und Altar verehrt —

„Fort, gottloser Bube!" wiederholte der Präfect," oder Du zwingst mich deine Verworfenheit offenkundig zu machen, indem ich den Arm der Polizei anrufe Deiner los zu werden!"

Der Elende wankte hinaus und mit einem von ihm selbst unterzeichneten Passe verließ er noch den Abend das Dorf, und man hat nie seitdem, hoffe ich, etwas von ihm in der Nachbarschaft gehört.

De Chousleur wollte sich durch eine andere Thür fortschleichen, in deren Nähe er während des ganzen ergreifenden Auftritts gestöhnt und geächzt hatte; aber der Präfect bannte ihn fest, indem er laut rief: „Chevalier de Chousleur, hören Sie! Sie haben den Orden entehrt, den Sie tragen (hier knöpfte Hippolyte die entgegengesetzte Rockklappe über das rothe Band), Sie haben Ihr edles Blut befleckt (jeder Tropfen

desselben stürzte in's Gesicht), aber durch Ihre
Geständnisse haben Sie einige Ansprüche auf
Nachsicht. Unglücklicher Weise haben wir keine
Bastille mehr zur Hand, wo ein Mann von
Rang und Geburt mit aller Bequemlichkeit eingeschlossen und bestraft werden kann, ohne dadurch öffentlich seinen Rang und seine Ehre zu
beflecken. Sie werden daher wohl der Strafe
und der öffentlichen Ausstellung entgehen. Ich
werde Ihre Sache dem Könige vorlegen. Indessen ziehen Sie sich zurück, halten Sie sich
ruhig, und bereuen was Sie gethan."

„Oh! oh! oh!" seufzte Hippolyte, und stahl
sich weg. Dieser klägliche Ton war der letzte,
den ich je von ihm gehört. Der Präfect entschloß sich, jede Entscheidung über Glautte zu
verschieben, indem ihn der Tod vielleicht der
Nothwendigkeit ihn zu beschimpfen enthöbe; aber
Glautte hatte gar nicht die Absicht zu sterben.
Er hatte jedoch einen neuen Anfall von Schlagfluß, und ein neuer Maire, ein achtbarer Einwohner eines der drei Dörfer, trat an seine
Stelle. Noch vegetirt er, so viel ich weiß, in

ſeinem kläglichen Zuſtande zwiſchen Tod und Leben, ohne die geringſte Theilnahme zu erregen
und kaum das Erbarmen der Einwohner auf
ſich ziehend!

Dreizehntes Kapitel.

Die drei Probewochen zwiſchen der geſetzli-
chen Anmeldung und der Verbindung der Liebenden verſtrichen ſchnell, und ich freute mich
herzlich des Sonnenſcheins der Freude, der über
Alle ausgebreitet war; denn ſelbſt Madame Suberville hatte Hippolyte verſtoßen und war mit
ſeinem Nebenbuhler völlig ausgeſöhnt. Ich war
einmal ſo in dieſe Begebenheiten hineingerathen,
daß meine Gegenwart eher etwas ſchien, das
nicht anders ſeyn könne, als wie etwas Eingedrun-
genes und Fremdes. Während ſie ihrer Seits zufrieden waren, mich, wie durch eine gute Schickung
zu ihnen geſendet anzuſehen, konnte ich meiner
Seits mir nicht verſagen, auf meine gewohnte
Weiſe mich weiter mit den Familienangelegen-

heiten zu beschäftigen und nicht eher zu ruhen, als
bis ich auf das genaueste von ihren früheren
Lebensverhältnissen unterrichtet war. Damals
glaube ich nicht die allergeringste Absicht gehabt zu
haben, etwas von alle dem drucken zu lassen. Wie
konnte ich auch? Es war mir ja niemals einge-
fallen, vor das furchtbare Gottesurtheil der Pu-
blication mich zu wagen, und lediglich aus Neigung für solche interessante Gegenstände suchte
ich mich von allem zu unterrichten. Daher kam
manche vertraute Unterhaltung mit Denen von
den Betheiligten, welche ich erreichen konnte;
manche Umstände über Andere bekam ich durch die
dritte Hand. Meine größte Hülfe war indessen ein
treu von Herrn Suberville geführtes Tagebuch,
in welchem seit seinem Hochzeitstage alle Haupt-
umstände meiner Geschichte mit einer Genauigkeit eingetragen waren, würdig von allen Denen
nachgeahmt zu werden, welche es lieben, auf
diese Art die flüchtige Thorheit aufzufangen und
die inneren Beobachtungen auf's Papier zu na-
geln. Ich halte es immer für gut, die Quellen
anzugeben, aus denen ich meine Nachrichten

bekomme, und ich hoffe, daß auch meine Leser
das billigen werden, was mir ein lobenswerthes
Ringen nach Genauigkeit zu seyn scheint.

Alle die Luftschlösser, welche innerhalb vier=
zehn Tagen gebaut wurden, waren gewiß sehr
ergötzlich, und ganz geeignete Wohnungen für
solche Enthusiasten wie Eduard und Leonie.
Aber sie wurden mit einem Male bis auf ihren
Grund erschüttert durch den Westwind, der ein
stattliches Schiff in einen der Französischen Hä=
fen mit einem Briefe für Herrn Mowbray aus
Philadelphia trieb. Die Pläne der Geliebten
hatten sich bisher immer nur um die Glückselig=
keit gedreht; daß Herr Mowbray sich in Rouen
niederlassen sollte. Dann wollten sie Le Vallon
zu ihrem Landsitz machen, es ganz nach ihren
Phantasien ausschmücken, und Herr und Ma=
dame Suberville sollten den Rest ihrer Tage —
ich sage absichtlich Tage, um durch das Wort
Jahre nicht den unerbittlichen Feind des Le=
bens herauszufordern, ruhig bei ihnen verleben.
Das alte und das junge Paar waren beiderfei=
tig mit diesem Plane sehr zufrieden, und es fiel

.

ihnen gar nicht ein, daß etwas dazwischen treten könne.

Der Brief war vom ältern Herrn Mow-
bray und besagte, daß er seit dem letzten Schreiben einen sehr ernsten, wiewohl nicht gefährlichen Rückfall seiner Krankheit gehabt. Unter
diesen Umständen finde er sich völlig unfähig,
länger ohne Beistand seines Sohnes den Geschäften vorzustehen. Er halte es daher für
wesentlich nothwendig, für den Augenblick den
Plan aufzugeben, den alten Stamm ihres
Glückes in ein neues Land zu verpflanzen;
denn beide Handlungen fortzusetzen scheine ihm
ganz unthunlich. Er sprach von der Hoffnung,
seinen Sohn mit dessen schöner Braut wieder
zu sehen. Schließlich bat er ihn, so schnell wie
möglich zu heirathen, hoffte, sein Brief werde
in gehöriger Zeit ankommen, um noch seinen
Segen zum Altar dem Paare zu bringen, und
bat es, gleich nach der Hochzeit das erste segelfer-
tige Schiff in Havre zu besteigen und so ihm
alle Furcht und Zweifel zu beseitigen, daß sie
dem nicht nachkämen, was er keinen Befehl

v.   19

nennen wolle, weil er wohl wiſſe, daß Beide
einer Bitte ungeſäumt Folge leiſten würden

Dies verurſachte Allen, mit Ausnahme
Eduard's, einen großen und unerwarteten
Schmerz, und auch ihn kümmerte es nicht wenig,
Herrn Suberville und deſſen Gattin ſo betrüben
zu müſſen. Madame Suberville vergoß Thrä-
nenſtröme, aber Herr Suberville unterdrückte we-
nigſtens äußerlich alle Bewegung, und er war der
erſte, welcher es zu Leonie und Eduard ausſprach:
„Ihr müßt gehen." Ich war gegenwärtig und
gewiß über ſeine anſcheinende Gleichgültigkeit
erſtaunt; doch fand ich nachher, daß ſeine Gefühle den Steinen gleichen, welche, bei mehr
als gewöhnlicher Kälte und Härte, doch, wenn
ſie an das gehörige Metall gerathen, hellere
Funken ausſprühen, als dies ſanfteren Sub-
ſtanzen möglich iſt.

Schnell zum Ende zu kommen, ſage ich,
Leonie und Eduard wurden verheirathet, und
eine Woche ſpäter machten ſie ſich, nachdem ſie
von Madame Suberville Abſchied genommen,
der man vorgeſpiegelt, ſie würden bald wieder-

kehren, auf den Weg nach Havre, um sich von dort nach Philadelphia einzuschiffen. Lisette, die sich nicht von Leonie trennen mochte, folgte da= hin, und Herr Suberville, Alfred und ich gaben ihnen das Geleite bis zur See, indem Herr Wilson schon einige Tage früher nach England abgegangen war.

Unsere kurze Reise war wirklich etwas me= lancholisch. Man kann wol annehmen, daß ich am wenigsten ergriffen war, aber doch konnte ich dem Auftritt nicht ohne innige Rührung zu= sehen. Alfred schien aus tiefem Herzen den Verlust seiner theuren Cousine Leonie und seines geschätzten Freundes Mowbray zu bedauern, aber in seinem ehrlichen Schmerze lag etwas Männliches, welches ihn aufrecht erhielt. Lisette schluchzte ohne Aufhören. Leonie saß neben Herrn Suberville, seine Hände zwischen den ihrigen, während die hellen Thränen ihr fort= während aus den Augen strömten. Er sprach nicht, auch weinte er noch nicht; aber Seuf= zer, die ihn fast zu ersticken drohten, machten sich fortwährend Luft aus des alten Mannes

19*

Brust. So setzten wir unsern schweren Weg
fort und erreichten vor Abend Havre. Die
Stadt war voller Trubel und fast alle Wirths=
häuser waren besetzt. Fünf Wochen lang hatte
der Wind ununterbrochen in den Hafen ge=
blasen, so daß kein einziges der vielen Schiffe,
die sich vor und während der Zeit hier ange=
sammelt, auslaufen konnte. Hundert und fünf=
zig Segel wurden auf diese Weise durch widri=
ges Wetter fest gehalten; manches Gebet stieg
täglich aus dem Munde der Frommen zum Him=
mel auf, und mancher Fluch wurde aus dem
Munde der Gottlosen ausgestoßen, indem jene
einen günstigen Wind erflehten, diese seinen
Verzug verwünschten.

Am Abend unserer Ankunft gab es eine
mehr als gewöhnliche Bewegung, in Folge eini=
ger Symptome, welche ziemlich sicher eine Ver=
änderung des Windes ankündigten. Vieles wurde
wieder eingeladen, und alle Schiffe und Wirths=
häuser waren voll Wirrwar. Nur mit Mühe
erlangten wir ein schlechtes Unterkommen und
die Nacht verstrich schwer genug. Beim ersten ·

Morgengrauen war Alles schon in Bewegung,
denn der Wind hatte sich in der That nach einem günstigen Puncte umgelegt, und jeder Arm
in den zahllosen Schiffen war beschäftigt, alles
für die Wiederkehr der Fluth bereit zu machen,
die um neun Uhr eintreten mußte. Der Quai
bildete während dieser Zeit einen Auftritt unbe-
schreiblicher Verwirrung. Hier wurde Bagage
aufgeladen, Taue wurden aufgerollt, Anker aufge-
wunden, Segel angezogen; lauter Jubel am
Bord der Schiffe, ähnlich wilde Antworten am
Gestade, Bootsleute und Matrosen auf der
Küste, und Passagiere, die sich in voller Eil ein-
schifften. Hätte man nicht glauben sollen, es
sey unmöglich, daß alle diese Elemente der Un-
ordnung je zur Ruhe kommen würden; und
eben so schwierig schien es, daß die Gefühle bei
solchem Auftritt Platz finden sollten sich zu
äußern. Und doch, welche Auftritte herzbrechen-
den Kummers sah ich während dieses Wirr-
wars unter Personen, die ganz einsam und von
Allen unbemerkt zu stehen schienen, da Jeder
dem Antrieb seiner eigenen Bewegungen folgte,
unbekümmert um die der Anderen.

Es wäre überflüssig, wollte ich hier bei dem peinlichen Gemälde aller der Trauernden verweilen, die solchen Schatten des Kummers auf die sonst belebte Scene warfen. Doch von allen Gruppen, aus denen der Jammer sprach, besaß keine für mich ein solches Interesse, als wenn mein Auge auf Herrn Suberville und Leonie fiel. Alle ihre weibliche Zärtlichkeit wurde hervorgerufen. Schien es doch, als würden alle ihre anderen Gefühle erstickt durch den Kummer, von ihrem Wohlthäter zu scheiden, ihrem Schützer, ihrem mehr als Vater. Weinend klammerte sie sich an ihn, während ihr Gatte beschäftigt war, alle Effecten einzuschiffen, und Lisetten zu trösten, welche schluchzend auf dem Verdeck saß. Aber Herr Suberville war es doch, der am meisten mich fesselte. Denn Leonie's Schmerz hatte doch einen gewissen Trost in der jugendlichen Lust, in den fröhlichen Lebensaussichten, die sich ihr eröffneten, und vor Allem in der heißen Liebe des Genossen, der diese Aussichten mit ihr theilte. Für Herrn Suberville war keine Hoffnung, daß er sich

nach dieser traurigen Stunde erholen werde.
Keine Jugend, keine Aussicht auf glückliche Ver=
änderung, keine Kinder um den Geist des frü=
hern Lebens wieder zu erwecken, und sich auf
frischem Reis zu stützen, wo der alte Stamm
umsinkt. Blank und verlassen stand er da; Alles
was die Welt an Lust und Freude besaß, schien
nun von ihm zu weichen, und die unerbittliche
Fluth, wie ein ruchloses Ungeheuer, ihm den
letzten Stab und Trost seines Alters zu entfüh=
ren. Er fühlte dies Alles, sein Blick sagte es
mir, und während er seine Arme convulsivisch
um Leonie's Nacken schlang, sah ich ihn wei=
nen, als wäre er sein ganzes Leben hindurch
ein Thränenheld gewesen, ob er gleich vor die=
sem unglücklichen Tage vielleicht kein nasses Auge
gehabt.

Länger ließ es sich nicht ertragen. Mow=
bray hatte einen männlichen Abschied von uns
Allen genommen, Leonie mir anmüthig und
freundlich Lebewohl gesagt, und Alfred, dem sie
so herzlich gut war, innig umarmt; aber noch
immer stand sie von den Armen umfangen,

welche sie schon so oft umfaßt gehalten, aber
noch nie, wie es jetzt der Fall war. Die Segel waren alle aufgezogen, das gesammte Schiffs-
volk auf seinen angewiesenen Plätzen, und der
Patron am Steuerruder. Die Aufforderungen
und Anrufungen verhallten. Suberville konnte
in seinem Schmerz nicht darauf hören, er verlor ja sein Alles; eben so wenig Leonie, die,
kaum weniger unglücklich als der Alte, es ganz
vergaß, daß es noch sonst etwas auf der Welt
gebe. Schon schnurrte das Schiff vom letzten
Taue los, das es an dem Hafendamm fest hielt,
als Mowbray noch einmal auf den Quai
sprang und, sein Weib aus den Armen reissend,
die um sie geschlungen, wieder mit ihr an
Bord eilte. Herr Suberville sank fast ohnmächtig in Alfred's und meine Arme. Im
nächsten Moment war das Schiff unter Segel,
und wir führten den alten Mann ohne Widerstand in's Wirthshaus zurück.

Es geht über meine Aufgabe, seine nachhe-
rigen Gefühle zu schildern. Jeder Leser mag
sie nach seinen eigenen (wie nun einmal die

schlechte Sitte ist) sich selbst malen. Was mich
betrifft, so glaubte ich damals, der Schlag habe
ihn zu tief in's Herz getroffen, als daß er jemals
sich erholen könne, und schmerzlich sein Unglück
bedauernd, konnte ich die Beobachtung nicht fort=
setzen. Nachdem alle meine eigenen Anordnun=
gen, den Platz zu verlassen, getroffen waren,
sagte ich dem armen Dulder Lebewohl, denn er
war es in der That, und nach einem herzlichen
und freundlichen Abschied von Alfred, warf ich
meinen Ranzen wieder über die Schultern,
nahm die Flinte unter den Arm, rief Ranger
heran und machte mich auf und davon. Als
ich über den Boden fortging, der noch vor
Kurzem das wahre Bild des Lebens gewesen,
war kaum noch ein lebendiges Wesen zu ent=
decken. Die ganze Bevölkerung schien sich auf
den Hafendamm gedrängt zu haben, um, so
weit es ginge, der Menge von stattlichen Schif=
fen zu folgen, welche so reißend vom Winde
fortgetragen wurden. Vier oder fünf kürzlich
angekommene Barken lagen kläglich in dem
Hafen, aber kein einziges Wimpelchen flatterte

von ihnen herab, um zu verkünden, daß es „le=
bendige Wesen" seyen. Ich eilte auch der See=
seite zu, aber nicht auf dem gewöhnlichen Wege;
denn mich verlangte nach Stille, wo nicht gar
nach Einsamkeit. Ich stieg die steile Höhe ober=
halb der Stadt hinan, und klimmte längs den
Hügeln, welche den Ocean beherrschen, nach
dem lieblichen Thale zu, in dessen Schooße das
Dorf von Ardaisse ruht.

Als ich die höchste Spitze erreicht hatte, und
den freien Blick hinunter warf auf den breiten
Ocean, hatte ich in der That einen herrlichen
Anblick. Das weite Azurblau unter mir war
so ruhig, wie eine Glasscheibe. Keine Runzel
war auf dem reinen Antlitz sichtbar. So mochte
es, wenn wir unsere Phantasie walten lassen,
in der ersten Stunde seiner Schöpfung ausge=
sehen haben, in der frühen Unschuld der Welt,
ehe die Oberfläche in schäumende Wogen aufge=
regt, oder von den Schiffbrüchen und dem Jam=
mer befleckt wurde, den die Erde und die
Stürme darüber gesandt. Weit ausgebreitet auf
dieser flüssigen Ebene schwammen die majestä=

tischen Schiffe, deren weiße Segel einem Wasser-
feld glichen; denn wo ich stand, da war keine
Bewegung unter ihnen sichtbar, noch konnte
man in der weiten Fläche, wo sie zu stehen
schienen, ein Fortrücken bemerken. Und doch
bewegten sie sich fort, und während sie ihren
festen doch nicht bemerklichen Lauf fortsetzten,
warf ich mich nieder am Gestade auf einen
duftigen Grasteppich. Dort lag ich Stunden
lang, mich an dem Schauspiel labend, und an-
geweht von einem sanften Hauch, der wie Sam-
met die Haut berührte. Ich horchte auf das
Murmeln der Fluth, auf das erste Gelispel
ihrer leisen Annäherung, und bewachte die mit
weißem Schaum bekränzten Wellen, die so sanft
niederfielen auf den Sand, daß sie Schnee-
flocken glichen, welche in dessen feuchten Busen
dahinschmelzen.

Allmählig verschwand nun die Flotte aus
meinen Augen; doch waren die dunklen Gestalten der Schiffe noch eine ganze Weile am fernen
Horizonte sichtbar, und sie schienen mir allmählig
aus dem Gesichte zu entweichen, wie eine Flucht

v.   20

wilder Schwäne, denen der Beobachter so lange
in die Lüfte folgt, als er nur ihre entschwin-
dende Gestalten, wie verschwimmende Wolken
entdecken mag. Ohne die mehr besonderen Gegenstände meiner Theilnahme, das vor mir ver-
schwindende junge Paar, zu vergessen, nahm
meine Phantasie jetzt einen so weiten Flug, wo
selbst die ausgedehnte Fläche vor mir nicht ausreichte. Sie wanderte fern über den Ocean,
um an jenen fernen Küsten zu verweilen, wo
Eduard und seine junge Gattin lange Jahre der
Liebe und Freude verbringen sollten; und ich
dachte an alle Die, welche auf allen diesen Segeln
ihr Geburtsland Europa verließen, um ein neues
gefahrvolles Leben jenseits des Atlantischen Oceans zu versuchen. Ich stellte mir jene Aben-
teurer in ihrem jugendlichen Enthusiasmus vor,
die jedes Band der Natur zerrissen; vor ihnen
lag die ganze Erde „zu ihrer Auswahl" — kein
Ruheplatz — denn ein junges feuriges Gemüth
hat kein Recht von Trägheit zu träumen, und
sie mit dem Namen Ruhe zu belegen — aber
ein fester Boden, um den unternehmenden Fuß

darauf zu setzen, und den Arm frei zu schwin-
gen. Ich überflog alle meine alten Lieblings-
gedanken über diesen ernsten Gegenstand, und
sprach zu mir selbst, als ich auf den Höhen von
Ardaisse stand:

„Nein, mögen Andere in der neuen Welt
versuchen, die Hoffnungen ihres Ehrgeizes zu
verwirklichen; aber der Mann, der in sich Reg-
samkeit und frischen Geist fühlt, wenn auch
nur bei gewöhnlichem Verstande, der noch kämpfen kann mit der Herzlosigkeit der Menschen,
wie sie sich zeigen in ihren Verhältnissen gegen
einander, der noch zu schätzen weiß den theuren
Werth der Achtung für den Einzelnen; — der
Mann, der sich noch kann aufrecht halten gegen alle die Täuschungen, unzertrennlich dem
menschlichen Leben in jedem Himmelsstrich, ein
solcher Mann soll noch wacker ringen mit dem
prachtvollen Ungeheuer — der civilisirten Welt —
und er findet gewiß noch genug Ehre, Treue
und Herzlichkeit, ihn zu trösten und zu unterstützen in seinem Kampfe, und ihn reichlich für
alle seine Mühseligkeiten zu belohnen.“

Diese meine Vorstellungen stimmten indessen gar nicht mit Alfred Suberville's Gedanken. Ihn verlangte nach Amerika, Europa schien ihm zu eng für seinen frei athmenden Geist. Er bewies ununterbrochen seinem Oheim und seiner Tante, so lange sie lebten — letztere starb aber zwei Jahre nach Leonie's Abreise — eine zärtliche Aufmerksamkeit. Da aber gab Herr Suberville endlich den Vorstellungen seines Neffen, den dringenden Bitten Mowbray's und seiner Leonie und den geheimen Wünschen seines Herzens nach. Als er sein geliebtes Vaterland unter neuen Einflüssen mit einer unglaublichen Hast in einen Zustand zurückeilen sah, von dem er im gutmüthigen Wahne gehofft, daß er nie zurückkehren könne, verwandelte er sein kleines Eigenthum in Geld, und suchte in den Armen seiner so herzlich geliebten Leonie ein Kissen für sein altes Haupt, und in den Boden eines freien Landes einen Ruheplatz für seine Gebeine.

Eduard Mowbray und seine Gattin waren von dessen Vater mit einer Herzlichkeit empfangen worden, die erst mit dessen Tode aufhörte.

Seine Krankheit hatte eine ernsthafte Wendung
genommen, und nach einigen zwischen Hoffnung
und Leiden verbrachten Monaten, starb er, sein
ganzes Vermögen dem Sohne hinterlassend.
Jetzt waren von Eduard und Leonie neue Ver=
suche gemacht worden, Herrn Suberville dahin
zu bringen, daß er mit Alfred zu ihnen herüber=
zöge. Er folgte der Einladung. Mowbray gab
den Handel für immer auf, einem lang gehegten
Wunsche nach anderer Beschäftigung nachgebend,
und seit einigen Jahren ist er Besitzer ganzer
Landstrecken an den fruchtbaren Ufern des Mis=
sissippi. Dort fängt er bereits an, mit seiner ge=
liebten Leonie, dem ehrwürdigen Suberville, dem
herzlichen Alfred und einer anwachsenden Fa=
milie von Kindern seine kühnen Entwürfe zu
realisiren. Er sieht sich als den Gründer eines
Geschlechts an, welches sich noch weit gen Westen
ausbreiten, und in Enkel= und Enkel=Genera=
tionen auf ihn mit der ehrfurchtsvollen Scheu
zurückblicken werde, mit welcher die Menschen
auf die erste erinnerliche Quelle ihrer Lust und
ihrer Leiden hinzublicken pflegen.

Anzeige.

Der Inhalt sämmtlicher Bände der „Heer-
und Querstraßen," in der in demselben Ver-
lage erschienenen Uebersetzung, ist folgender:

Bd. 1. 2. Des Vaters Fluch. — La vilaine
   tête. — Der Verbannte in den Landes. — Die Geburt Heinrichs IV.
   Diese Bände erschienen 1824; sie werden zusammen
   verkauft für   2 Rthlr. 15 Sgr.

Bd. 3. Caribert, der Bärenjäger. 1825. 1½ Rthlr.

Bd. 4. Alles für seine Königin, oder der
   Priester und der Garde du Corps. 1827. 1½ Rthlr.

Ferner sind daselbst erschienen:

Arkona,
ein Heldengedicht in zwanzig Gesängen,
von Fr. Furchau.
gr. 8. geheftet 2 Rthlr. 10 Sgr.

Der Gegenstand dieses Heldengedichts — der
Vorzeit Rügens entnommen — wird gewiß als
ein glücklicher erkannt werden, da das Land selbst
und dessen Naturschönheiten, so wie die Momente
seiner Geschichte wo es aus einem durch mancher=
lei Eigenthümlichkeiten merkwürdigen Heidenthum
zum Christenthume überging, schon an sich rei-

311

chen Stoff für die dichterische und epische Be-
handlung darzubieten scheinen. Der Zauber des
Vaterländischen, Heldenthümlichen, Malerischen,
Dichterischen vereinigen sich also, um dieses
Product anziehend zu machen. Die vorange-
schickte Einleitung wird auch die mit der
Geschichte und den Localitäten Rügens weniger Vertrauten mit dem Gegenstande befreun-
den, und sie auf den gehörigen Standpunct
stellen. — Eine Ansicht von Arkona und eine
Charte der Insel Rügen mit alten und neuen
Ortsbenennungen gehören zu den äußeren Zierden
dieses auch typograghisch mit Sorgfalt ausgestat-
teten Werks.

Neue Romane von Cooper,
in deutscher Uebersetzung.

Die Prairie. 3 Bände. 8. geh. 3½ Rthlr.
Red Rover; übersetzt von G. Friedenberg.
3 Bde. 8. geh. 3½ Rthlr.

Der steigende Beifall, mit welchem Cooper's
Romane in Deutschland gelesen werden, macht,
daß jeder neu erscheinende mit Begierde ergriffen
wird. „Was wir auch an der Prairie auszu-
setzen haben," sagte das Literaturblatt zum Mor-
genblatt 1827, Nr. 68., „unbestreitbar bleibt ihm
der Vorzug seiner unübertrefflich wahren und
originellen Naturgemählde, und wo so Vieles zu
loben ist, sehen wir gern über einiges Tadelns-

werthe hinweg, zumal in einem Gebiete der Romanenwelt, in welchem man froh seyn kann, unter hundert Wechselbälgen und Nachahmungen nur eine originelle Schönheit zu finden." Die Scene der Prairie, worin Personen aus dem Letzten der Mohikans wieder auftreten, ist in dem Gebiet der Vereinigten Staaten jenseits des Mississippi, in öden Steppen (die eben den Namen Prairie führen), welche hier zum erstenmal dem schöpferischen Talent eines Dichters ein Feld dargeboten haben. Wie reizend Cooper es durch seine Einbildungskraft zu beleben weiß, indem er den Contrast einfacher Naturmenschen und ihrer Sitten mit denen einer cultivirten Welt benutzt, um Situationen zu gestalten, gehet aus obigem Urtheil hervor.

Den Red Rover kann man füglich ein Seegemählde nennen, denn größtentheils ist das Meer der Schauplatz, auf dem der Verf. den Leser verweilen läßt, und auf welchem er ihn mit Vorliebe zurückzuhalten scheint. Die genaue Kenntniß des Seewesens verräth sich stets. Die Stille des Oceans, die Wuth der Orkane, welche diese Stille unterbrechen, und dann die Tiefen des Gemüths und die Abgründe der Leidenschaften in Denen, die er auf diesem Elemente zusammenführt und deren Individualität er mit dem ihm eigenen Talent zu schildern weiß, bieten die abwechselnden Situationen, mit welchen Cooper den Leser fesselt und oft hinreißt.

———————————

Druck:
Customized Business Services GmbH
im Auftrag der KNV-Gruppe
Ferdinand-Jühlke-Str. 7
99095 Erfurt